Um deus dentro dele,
um diabo dentro de mim

NILZA REZENDE

Um deus dentro dele, um diabo dentro de mim

EDITORA RECORD
RIO DE JANEIRO • SÃO PAULO
2003

CIP-Brasil. Catalogação-na-fonte
Sindicato Nacional dos Editores de Livros, RJ.

Rezende, Nilza
R357d Um deus dentro dele, um diabo dentro de mim / Nilza Rezende. – Rio de Janeiro: Record, 2003.

ISBN 85-01-06382-7

1. Romance brasileiro. I. Título.

CDD – 869.93
02-2209 CDU – 821.134.3(81)-3

Capa: Hybris Design

Impresso no Brasil

ISBN 85-01-06382-7

PEDIDOS PELO REEMBOLSO POSTAL
Caixa Postal 23.052
Rio de Janeiro, RJ – 20922-970

E antes que me perguntem, vou logo avisando:
tudo isso aconteceu comigo e
nada disso aconteceu comigo.

E se ainda lhes restar alguma dúvida, lembro que:
"existem apenas duas ou três histórias humanas,
e elas vão-se repetindo sem parar, teimosas,
como se nunca tivessem acontecido antes".*

---

*Willa Cather, em *The Pioneers*, citação contida no livro *A jornada do escritor*, de Christopher Vogler.

Ele passou a língua dentro do ouvido dela; ela esticou o corpo. Não, não estava agüentando. Ele não percebeu o enrijecimento dos músculos; continuou apertando-a. Mordeu o pescoço dela, e ela mais uma vez se controlou para não gritar. Queria mesmo era jogá-lo fora da cama, ou estar longe dali. Mas não podia; ela devia amá-lo. E dessa vez, devia amá-lo como nenhuma outra mulher tinha amado antes. E dessa vez, devia amá-lo como ela mesma nunca tinha amado antes. Agora ele encostou as mãos no seio dela; e o que podia ter sido um afago chocou-a. Não, ela definitivamente não queria aquelas mãos sobre o corpo dela, sobre os seus seios. Não àquela hora. Não àquela noite. Como podia querer tanto um homem e ao mesmo tempo não querê-lo nada? Ela mal sabia, seu pensamento era um novelo, talvez se houvesse alguém para puxar uma das pontas, nem que fosse a do fim, fosse possível destrinchá-lo. Mas não havia ninguém. A terra é cheia de gente, mas essa noite ela estava absolutamente só. Era ela e ela. E aquele homem que teimava em penetrá-la. O corpo dela resistia, parece que o sexo sente, e quando não quer, protesta, se fecha. Ela até achava que devia ceder, quem sabe pensar em alguma coisa que pudesse erotizá-la, levá-la a querer fazer amor como outras vezes. Podia querer subir em cima dele, podia querer lambê-lo inteirinho, beijá-lo, mordê-lo. Abraçá-lo. E gemer, gemer, gemer; fingir sentir dor, ou até mesmo sentir a dor, esquecendo-se de toda a vida do lado de fora, daquele quarto, daquela cama. Ela podia querer fazer um amor enlouquecido como o amor das primeiras vezes, quando os corpos pouco se conhecem e cada encosto, cada esbarrão, fisga, arde. Ou então, ela podia querer fazer um amor doce, de longos beijos e carinhos suaves, de mãos que deslizam pelo corpo do outro, como para sentir que o outro é o outro, e o outro é quase o eu. Mas nesse dia ela não queria amor algum: nem o seco rápido vaginal e apressado amor. Ela não queria amar. Mais que não queria; ela não podia, não conseguia. Seu pensamento, já disse, era um nó, um nó tão fechado, que tudo que ela via era uma tela preta. No meio da tela, tinha uma imagem. Ela não conseguia ver mais nada. Não conseguia ver o dia, a casa, os filhos, a cozinha, a árvore, o shopping. Ela não via nada, ela só via a tela e, no meio da tela, aquela imagem, ora imensa, ora só um ponto, um pontinho, fragmento de imagem. Mas estava lá, no fundo que fosse, estava lá. Impossível, impossível continuar a beijar este homem. Afaste-se de mim, ela quer pedir. Mas não pede, fica calada, só a cabeça que anda, corre, desesperada. O corpo começa a doer, o estômago dói, quer jogar tudo fora. Mas vai e volta, sobe e desce. Do lado de lá, ele parece que não sente nada. Continua a querer fazer o sexo, que é dele. Vai, vai. Vai e vem, num gesto impensado, repetitivo, incômodo. Trem balançando, pra lá e pra cá; navio jogando, pra lá e pra cá. O sangue que sobe e desce, adrenalina. Ele precisa, ele precisa fazer, de todo jeito, de qualquer modo, o sexo, que é dele; e ela precisa, precisa negar, de todo jeito, o sexo que é dele. Mas ela sabe, foram outras vezes, não poucas vezes, é verdade: se ela negar, ele vai brigar, talvez até gritar. O homem era dela, ela conhecia muito bem o que tinha ali. E o que vinha na noite escura do quarto escuro, sempre bem escuro, que ele não gostava de luz — pra que luz? Noite era breu, sem fresta, sem qualquer luz, nem luz de abajur. E no escuro, ela que tapeasse, que soubesse o lugar de cada coisa, a mesa, o armário, o livro, o sapato (grande) jogado na beirada da cama, que ela, insistentemente, errava e nele tropeçava. Porra, não viu o sapato? É cega? Ele ia gritar, mesmo que o sapato fosse o dele, e daí? Ela sabe, ela sabe tudo que tem ali. O beijo, a língua e depois o sexo. Tudo que ele ia fazer, tudo que ela ia fazer, tudo que ele ia pedir — pedir? — que ela fizesse, tudo estava ali, pronto, posto, na cama, no quarto escuro, escuríssimo. O destino é sempre o mesmo. O caminho também. Apenas questão de minutos. Segundos, às vezes. Dependia dele. Nem por isso ela gostava menos. Fazer amor, ou foder — o sexo era dele, sempre —, era bom. Por que, ela não sabia bem não. Mas era bom. É claro que não tinha o ar de novidade do início da paixão que acontece um dia, assim, como todas as paixões um dia acontecem, assim. Mas mesmo assim, mesmo sem ser como a primeira noite, mesmo sem ser como o início da paixão, era bom; ela gostava e gozava; ela gozava e gostava. Menos naquela noite. Aquela noite era outra noite, diferente de todas as noites. Das noites de lua cheia, noites em que se fez o mais belo dos amores, ou mesmo das noites de lua cheia em que o amor não foi lá essas coisas. Também das noites escuras, sem lua, noites de solidão, de angústia, noites de insônia, em que os olhos pesam, mas não fecham. Os dela, porque os dele logo fecham. No quarto escuro. E se algum barulho, um barulhinho sequer, vier a perturbá-lo; não, não haveria barulhinho algum, nunca, jamais, ela não deixaria nunca nenhum barulhinho perturbá-lo. Levantava-se nas pontas dos pés, fazia xixi baixinho, primeiro um pouquinho, depois um outro pouquinho, até a última gota, silenciosamente, e no escuro do banheiro, no escuro mesmo, era possível se limpar, e depois de limpa, abrir, abrir só um pouquinho a torneira, passar rapidamente a mão sob a água e caminhar nas pontas dos pés para o quarto, e se deitar vagarosamente, com todo o cuidado, sem deixar o colchão ranger nem um tlac sequer. E não puxar o lençol, não querer o cobertor, e ficar ali, no canto da cama, no espaço espremido, e sozinha continuar, continuar a pensar em tudo aquilo, tudo aquilo que lhe dava toda a angústia do mundo. Foram todas as angústias do mundo, foram todas as noites maldormidas do mundo, em que o pensamento só percorre as coisas ruins que existem no mundo e que começam sei lá onde e terminam invariavelmente no escuro — do quarto, da morte, do choro, às vezes contido, da perda. O fim de tudo. Ela queria jogar isso longe, e jogava, mas isso ia e voltava, e ela dizia não, sai de mim, pensava na roupa, na festa, no programa, no dinheiro, e de repente tudo aquilo voltava e sem pedir licença entrava nela: o choro, a perda, o escuro da noite do velório, a mosca sobrevoando o defunto, a vela, a parede fria. O horror. Mesmo nessas noites terríveis, de muita agonia, em que tudo isso teimosamente ia e vinha, e teimosamente ficava e não passava, nem com um ou dois sedativos, nem com café ou coca-cola, nem com filme erótico ou noticiário, nem com o livro de poema ou com a revista de moda, noite em que aquilo tudo ia e teimosamente vinha, e o tique-taque do relógio agonizante, mesmo nessas noites terríveis, ela ainda era capaz de olhar para aquele homem que estava à margem de tudo, que dormia um sono tranqüilo de criança, como uma criança que não sabe de nada, não sabe da vida nem sabe da morte, mesmo assim, ela era capaz de olhar para aquele homem que lhe ocupava quase toda a cama, que lhe ocupava quase toda a vida, que lhe roubava o lençol e o cobertor, que a fazia deitar cuidadosamente sem um tlac sequer e a deixava sentir sozinha todas as angústias do mundo, mesmo nessas noites ela era capaz de sentir, sentir sim, algum não, mas todo o desejo do mundo. Talvez desejo pelo pé dele, bonito que era, os dedos perfeitos, cada um no seu tamanho, crescendo até o dedão, tudo certinho; talvez desejo pela perna dele, coxas grossas, como as de um goleiro; algum desejo pela barriga, o umbigo escondido, quem sabe pelo peito dele, ponto de desejo que ela sabia tão bem manusear, só para ver ele gemer, querendo, exigindo mesmo, que ela fizesse mais, lambesse mais, mordesse mais, mas só devagarinho, mas mais. Talvez o desejo viesse dali mesmo, do sexo, do sexo dele, escondido sempre nas cuecas brancas bem passadas, as peças mais bem passadas da casa, que ele colecionava, sabendo da importância que tinham, não para ele, mas para ela. Uma cueca para cada dia da semana, uma cueca para cada roupa, uma cueca para cada ocasião, apesar de todas as cuecas serem exatamente iguais, todas brancas, todas bem passadas; as cuecas do homem da casa. A daquela noite era exatamente igual à das outras noites, as outras noites é que não eram iguais àquela noite. Nenhuma noite, nenhuma noite nesses anos todos, podia ser igual àquela noite; nem as noites boas, nem as noites ruins, todas as noites com aquele homem, aquele ali, seu primeiro homem, seu homem. Aquele homem era tudo na vida dela. Era ele que tinha aberto seu corpo para o sexo, para o amor, para a vida. Eram dele os três meninos da casa, um com a testa do pai, outro com o nariz do pai, o caçula com a boca do pai. Era dele também a casa onde moravam. Está certo que ela preferia um apartamento maior, mais amplo, em que a luz do sol viesse a clarear a vida, mas ele disse não, era melhor aquele ali, pertinho do trabalho. O metrô, o ônibus, o táxi, era mais fácil, era mais rápido. E ela acabou convencida; como sempre, ele acabou convencendo-a. E lá estava ele ali, mais uma vez, o corpo volumoso, falando: vem cá, me faz amor. De verdade mesmo, ele falava: me fode. Sobe em mim, me lambe e me come. Mas naquela noite ela não tinha fome. Era impossível provar o gosto do que quer que fosse. Na cabeça dela tinha uma tela preta, uma tela preta e uma imagem colorida no centro.

A noite passou assim. Ela montava e desmontava, gemia e não gemia, dava e tirava. Ele puto virou pro lado. Chega de baboseira. Escreveu não leu, o pau comeu. Ele virou pro lado e dormiu. Ela virou pra cima, abriu o olho e passou a noite toda pensando. Uma tela preta, uma imagem no centro. Era ele. E ao lado dele, ela viu, ela tinha certeza que viu, era uma mulher. Ela viu. Ou será que não viu? Precisava pensar, viu ou não viu? E se viu, o que era aquilo? Uma mulher, claro. Ela viu. Era uma mulher. Tentou virar pro lado, o sono não vinha. Olhou o relógio, ainda no mesmo lugar. Devia estar parado. Olhou pra ele, em que será que ele pensava? Ou sonhava? Que raiva tinha ela de nunca poder saber em que ele pensava. Dizer, ele não dizia. Ou melhor, respondia. Nada, era o que respondia. Mas ela sabia, impossível pensar nada. Podia até ser bobagem, ela preferia saber. Bobagem por bobagem, melhor bobagem que nada. Ainda mais bobagem dele. Bobagem dele não era bobagem. O que quer que fosse, valia. E se não fosse bobagem então... Mas ele não falava, não contava por nada. Nada era tudo. E se do pensamento ela mal sabia, imagina do sonho. Do sonho, então, aí é que ela não sabia nada. Nunca ele tinha contado, nem sonho bom, nem sonho mau, pesadelo que fosse. Parecia até que ele não sonhava. Será que ele não sonhava? E quando ela não agüentava de tanta curiosidade, quando ela via que ele abria o olho, assim, rapidinho, no meio da noite, às vezes depois de ela ter uma tossezinha à-toa, um hahaha abafado, um pouquinho só forçado, mas quando ele abria o olho, e ela virava e perguntava: sonhando com quê? ele respondia de uma paulada só: nada. E era um nada tão duro, mas um nada tão duro, que nada, mas nada mesmo, podia vir depois. E ele ainda falava, engole esse hahaha, que assim não dá, eu não consigo dormir; ele que dormia tão bem, a noite inteirinha, pra lá e pra cá, coberto às vezes até a cabeça, que assim tudo ficava mais escuro, escuríssimo. E quando ela dizia que estava com hahaha, que não tinha jeito, talvez fosse o vidro fechado, o ar comprimido, a cabeça pensando, ele falava que nada disso importava: engole essa porra, ou sai daqui e faz hahaha bem longe, lá do outro lado, mas não me atrapalha, me deixa dormir. Ela ficava puta, mas era melhor ficar puta e ficar ali, ao lado do homem, da barriga do homem, do pêlo do homem, do calor do homem, que ficar sem o homem, sem o pêlo do homem, sem o calor do homem, na sala com um hahaha que só existia pro homem. E ali estava o homem, sonhando com quê? Ela não perguntou.

Quando ele acordou, ela não sabia se esperava o café ou não, que ele sempre gostava de tomar café lendo jornal, e ai de quem o atrapalhasse a ler o jornal e a tomar o café, gole por gole, página por página, o café era sagrado, ninguém podia falar nada, nem da chuva, nem da febre, do trabalho, da conta, do telefonema. Gole por gole, página por página, ele lia o jornal e tomava o café. Quando ele achava alguma coisa interessante e começava a ler aquilo que pra ele era muito interessante e pra ela não tinha interesse algum, ela devia não pensar em nada, e escutar, escutar lá de dentro do ouvido, com muita, com muita atenção, como se aquilo tudo fosse muito, mas muito interessante. E se ela sem querer não achasse aquilo tudo que ele achava muito, mas muito interessante, e se ela sem querer começasse a pensar em outras coisas, no que ia fazer, nas crianças, na compra, no leite que não tinha, será que nescau tinha, ele parece que percebia que ela já não estava achando interessante aquilo que ele achava tão interessante, então, ele levantava os olhos por sobre o jornal e com olhos de lobo dizia que ela era uma fútil, uma burra, desinteressada de tudo, alienada. Ou, às vezes, de tanto dizer, ele nem dizia. Era como ela, que de tanto pensar, nem pensava. Um dia ela chegou até a pensar, pensar que ele só sabia falar, um dia pensou até em dizer que ele só sabia falar, que ele sim não sabia ouvir, que o que ele estava lendo era uma chatura de marca maior, era muito chato, mas era tão chato, mas era tão insuportavelmente chato, e logo às oito da manhã, ela que detestava acordar cedo e pior que acordar cedo, ter que cedo ouvir notícia chata de jornal chato, não, ela até pensou em falar tudo isso. Mas aí ela pensou também que talvez ela fosse tudo aquilo que ele falou que ela era, talvez ela fosse mesmo assim, alienada, desinteressada, desinteressante. Impotente, frígida, assexuada. Foi aí que ela deixou ele tomar o café, gole a gole, página a página; pediu que ele continuasse a ler, desculpa, foi só que... continua. E ele olhou de novo por sobre o jornal e recomeçou a ler aquela nota chata, mas tão chata, tão chata, que só ela mesma pra ouvir aquilo, só só só. E dessa vez ela não podia nem piscar, tinha que fingir atenção total, porque já era sua segunda chance e com segunda chance é melhor não bobear. Senão, vem bordoada. Paulada no estômago. Quando acabou o café, ela pensou em perguntar. Respirou,

respirou de novo e foi. A tela preta. A imagem que ia e vinha, vinha e ia, sem parar. Mas quando ela abriu a boca, ele fechou o jornal, página por página, levantou e veio caminhando em direção a ela, de uma forma assim tão direta, mas tão direta, com passos tão certos, parecia até que ele tinha um destino marcado, um alvo a atingir, que ela respirou, respirou e ficou calada. Ele chegou perto dela, olhou para ela, no fundo dos olhos dela, e passou por ela. Ela se recuperou e foi atrás; ele virou à direita, ela virou também. Os passos dele, os passos dela. Foi aí que ele entrou no banheiro e fez como sempre fez, deixou a porta entreaberta, de pura sacanagem. Mas nesse dia ela pensou: hoje eu não caio na armadilha não, ele deixou a porta aberta mas é pra eu não entrar, e se dava vontade de ela entrar, e se ela entrasse, e se seus pés não resistissem, e se ela tivesse muita, mas muita vontade de ver o homem pelado, fazendo a barba, tomando banho, se lavando, ele dava logo um esporro, dizia pra ela que queria sossego, deviam ter feito dois banheiros, sai daí, não tenho tempo não. Ele tinha, tinha todo o tempo, fazia a barba com todo o tempo, lavava a cabeça com todo o tempo, gastava quase um sabão inteiro com todo o tempo. E depois enrolava papel e limpava as narinas, uma, depois outro papel e outra narina, outra, com todo o tempo. E escovava os dentes, e escovava os cabelos, e só faltava escovar os pêlos, com todo o tempo. Ai dela querer cortar o tempo, querer entrar, nem que fosse pra pegar um perfume, pura mentira, queria era entrar só pra dar uma espiada no que ele fazia, nu, com tanto tempo.

Preferiu não entrar, preferiu não, simplesmente não entrou. Ficou do lado de fora, esperando ele sair. Ele saiu, ela deu o bote: te vi ontem. Ele quieto ficou, parece que não escutou, se escutou, fingiu que não escutou. Pegou a meia, pegou outra, escolheu a primeira, começou a calçar, secou antes os dedos, dedo por dedo, bem secado que é pra não dar frieira, passou o talco pra não dar cheiro ruim, aproveitou pra falar que não sabia como ela usava tênis sem meia, dava chulé, olha que cheiro de queijo podre, pegou o tênis e o atirou contra a parede, o tênis saiu rolando, catapúfi, dando cambalhotas no ar, sujou a parede, e caiu dentro do banheiro, quase no vaso; que cheiro ruim, vá lavar o pé. Ela foi, e se esfregou e esfregou o pé, e se esfregou e esfregou o pé, e se esfregou, até não agüentar de tanto esfregar o pé, e sem saber se o cheiro ruim já tinha de todo passado, achou mais garantido passar por cima de tudo um creme, um perfume, um talco, e depois conferiu, cheirando o pé, uma, duas, três vezes, chulé não tinha. Voltou então ao homem. Ele respirou. Melhor assim. Ela respirou. Te vi ontem. Ele tirou a toalha, ficou nu. Ela olhou pra ele, e olhou de novo ele, só ele, ali, na frente dela, inteiro, que homem bonito, que homem cheiroso, que homem o dela. Ele sorriu: é? onde? Olhou para o espelho, alisou o cabelo, primeiro com a mão, depois com o pente, pra lá e pra cá, pra lá e pra cá, me viu? No carro. Ontem. Eu estava sem carro, ele disse. Então, pegou o paletó, pegou a mala, não se olhou mais no espelho e saiu. Ela foi atrás, você vai assim? Vai aonde, volta que hora? Vai com quem, por que vai? Ele foi, como que sacudindo a poeira, me deixa, me larga, não enche, pra que tanta pergunta, que que cê tá pensando. Não saia assim sem se despedir, me dá um tiau. E se ele morresse, um desastre um enfarte um assalto um incêndio um tiro, ela não teria nem se despedido, que coisa mais triste, que fim sem fim. É só um dia, ele responde. Pra que isso? Um dia é um dia. Me beija, me beija. Ele beija. Que beijo ruim, isso não é beijo, me beija, me beija. Não enche, ficou maluca? Ele bateu a porta e foi embora. Ela ficou ali, sem beijo. E com a tela preta.

Passou o dia pensando, correndo atrás de alguma pista, uma pista, quem sabe? Revistou a camisa, podia ter alguma coisa dentro de algum bolso, um bilhete, um papel marcado com batom, um telefone. Nada. Revistou então todas as camisas, todos os bolsos, podia ter alguma coisa dentro de algum bolso de alguma camisa, um bilhete, um papel marcado com batom, um telefone. Nada. Revistou as calças. Nada. Chegou enfim às cuecas. Revistou primeiro as dobradinhas da gaveta, tão distantes e limpas e frias como as cuecas expostas nas prateleiras das lojas, mercadoria sem graça e sem vida, ali só por obrigação: peça indispensável no guarda-roupa masculino. Depois se lembrou das cuecas da roupa suja, aquelas sim, tinham cheiro, tinham forma, tinham vida. Foi nelas buscar a pista. Entrou no banheiro, trancou bem a porta, flagrante delito; como podia ela estar fazendo uma coisa assim, tão feia, tão suja, tão sem-vergonha, uma coisa de gente que não tem a menor vergonha. Não poderia, ela, mas no fundo ela sabia, era, era ela. Enfiou então a mão na roupa suja e foi pegando as cuecas, uma a uma, no meio das meias fedidas, das blusas suadas, das roupas dos meninos, quanta roupa pra lavar, e das calcinhas sujas, que só podiam ser dela, só ela tinha calcinha suja na roupa suja do banheiro. E foi colocando as cuecas sobre o piso gelado, frio e úmido do banheiro que um dia não foi nem tão frio, nem tão gelado, nem tão úmido assim, que ela chegou até a esticar o corpo ali, espremido entre a pia, o vaso e o bidê, para que ele pudesse colocar o corpo quente dele sobre a barriga fria dela e fazer o amor quente dele, que o chão frio, úmido e gelado do banheiro doía nas costas frias, úmidas e geladas dela e não deixava ela fazer amor quente nenhum. Foi olhando as cuecas, uma a uma, de um lado a outro, e nada. Tudo limpinho, cheirando a novo, muito mais limpinho que a calcinha suja dela. Mas se não tem sujeira, talvez algum cheiro, sexo cheira. Cheirou então cueca por cueca, na frente, atrás, de um lado, de outro.

Nada, nenhum resto de gozo, nenhum vestígio. Foi então embaralhando uma a uma, bem embaralhado que é pra ninguém achar que alguém um dia tivesse sido capaz de chegar a esse ponto, falta de pudor, enfiado a mão na roupa suja e cheirado cueca por cueca em busca de resto de porra, como cachorro faminto na lata de lixo. Lavou as mãos, bem lavadas, jogou água fria no rosto e mais uma vez deu descarga pra justificar o tempo perdido ali. E quando foi abrir a porta, respirou fundo e sentiu; sentiu o cheiro do perfume dele. E aí sentiu que o cheiro do pescoço dele era igual ao cheiro da cueca dele, cueca limpa na roupa suja.

Ela já não quis mais sair e, sentindo o cheiro dele, fechou de novo a porta do banheiro, abriu mais uma vez a caixa da roupa suja, deu descarga mais uma vez: não sei o que deu, maria, talvez o jantar ontem, que dor de barriga terrível. Tome água, diria maria, é muita coisa podre que eles andam fazendo. É mesmo, coisa podre. Enfiou de novo a mão na roupa suja podre, destrinchou as cuecas das camisas e as camisas das cuecas e começou a cheirar os colarinhos à procura de algum perfume, paris ou leite de rosas. E quanto mais ela cheirava, mais vinha o cheiro do homem, e o cheiro do homem vinha tão forte, que a dor ia aumentando, ela vendo tudo escuro. O furúnculo, a injeção, a dor de barriga, a contração, tudo dá no banheiro.

Justo no banheiro, também, a dor de um beijo tão longo, que ela viu o início, mas saiu no meio sem conseguir ver o fim. Sentou no vaso, sentou pra não desmaiar, ai que tonteira, vou passar mal aqui e a porta vai estar fechada, ninguém vai me achar, será que misturei bem as cuecas nas camisas e as camisas nas cuecas, fechei o perfume ou vou morrer e eles ainda vão dizer que sou uma vira-lata, cão sem dono, cão perdido. E aí ela teve mesmo que dar descarga, uma, duas, três vezes, de tão forte que foi a dor de barriga, forte que foi.

Não sei o que deu, maria, talvez o jantar ontem, que dor de barriga terrível. Tome água, é muita coisa podre que eles andam fazendo. É mesmo, coisa podre. Tome água. E vá almoçar. Tonta, se apoiando nas paredes, um passo depois do outro, ela chegou à sala. A dor continuava, doía a barriga, doía a cabeça. Dor igual àquela ela nunca se lembra de ter sentido, ela mesma achava que não existia. Nem dor da perda do filho, que dizem é a pior dor do mundo; aquela dor ali era dor de perda de si mesmo, era dor de perda do braço, da perna, do peito, dor de perda de si, dor da perda dos filhos, dor da perda de tudo. E dor de saber que tudo estava ali mesmo, ela é que não estava. Era dor até não dizer mais, até acabar tudo, até ficar sem nada. A dor não largaria mais ela não, estaria sempre com ela, dói, doutor, dói muito.

Aqui, ali, aqui, ali, por tudo, o senhor nem imagina, dói tanto... Mas que doutor ia lá entender essa dor, que estava em todo lugar e não aparecia em lugar nenhum? Dor tão forte que remédio não havia de ter. E o menino menor perguntou: que foi, mãe? Que cara é essa? Ela quis dizer, de vingança, de raiva, de ódio, é o pai de vocês que está me enganando, me fazendo de boba, me traindo com outra mulher. Mas achou melhor não fazer isso não, eram pequenos os meninos, e depois tinham os gritos, coitados dos meninos. Dor de cabeça passa. Dor de barriga também, são duas as dores, as suas dores. Dor de grito às vezes não passa não. E sem conseguir dizer o que pensou em dizer, e sem poder dizer o que pensou em dizer, ela saiu da mesa, deixando os três meninos com a batata frita (ainda bem que tinha a batata frita), foi para o quarto e enfiou a cabeça no travesseiro e chorou, chorou, chorou. Chorou baixinho que era para nenhum dos três escutar, chorou alto que era para todos três escutarem, mas eles não escutavam não, chorasse ela baixinho ou alto, eles não escutavam não, cada um fazia sua coisa, e maria lavava pratos e secava pratos, e também não queria saber não, choro era coisa de gente que não tinha o que fazer. E ela continuava ali, chorando, sozinha; às vezes parava de chorar, que era pra ver se ainda tinha o que chorar ou ver se ainda tinha vontade de chorar ou ver se ainda conseguia chorar. Foi num desses silêncios que ela ouviu o telefone tocar. Era seu raul. Vamos ao cinema? Ela secou o choro, jogou água na cara e se preparou para acompanhar o marido.

De noite, quando ele chegou, ela estava bonita e cheirosa. Ele não reparou. Ele não reparava mesmo, nunca. Podia cortar o cabelo, podia pintar o cabelo, podia enrolar o cabelo, que ele não reparava. A roupa nova, a roupa velha, a roupa engomada, a roupa rasgada, era tudo igual, ele não reparava. Só reparava quando era ruim: tá marcando a barriga, troca isso aí. E lá ia ela lá dentro, xingando a barriga, a falta de bunda, o peito caído, e procurava no armário alguma coisa que escondesse a barriga, aumentasse a bunda, levantasse o peito. E nada adiantava, corpo é o que é, não muda não, é igual gente. Ela tinha era que malhar, fazer abdominal, andar, correr sem parar; mas a preguiça que dava, a vontade de não fazer nada; e lá voltava ela pra sala com a mesma roupa, a mesma barriga, a mesma falta de bunda, o mesmo peito caído. E vamos assim mesmo, que o que não tem jeito não tem.

Quando voltaram, um filme é só um filme, tem início, meio e fim, e, em geral, final feliz, antes que ele pegasse o controle remoto da televisão, ela disse logo: te vi ontem. E ele disse, claro que viu, acordou comigo, jantou comigo, claro que viu. E ela disse, te vi na rua. E daí? Escute, te vi com uma mulher. Não tem nada pra fazer não? Tá me seguindo? Ela ficou calada, não tinha mesmo, o que tinha era uma bobagem, era comprar uniforme, levar criança à escola, telefonar para o homem da máquina de lavar, tudo porcaria. Ele não quis nem saber, foi logo indo pro quarto, fechando as cortinas, deitando na metade esquerda da cama, mais próxima à janela, mais fresca. Aquele homem espichado, tomando a cama de cima a baixo, ela tinha que reconhecer, era mais bonito que aquele homem espichado, aquele homem todo, em pé. Mas mesmo sendo ele bonito espichado, assim deitado, mesmo, e por causa mesmo disso, ela disse logo: te vi no carro com outra mulher. Pronto. Foi um silêncio danado, um silêncio terrível, um silêncio de um dia e de uma noite, um silêncio de fim, um silêncio que não tem fim. E daí? Te vi no carro com outra mulher, eu vi, quem era a mulher, vai, diz, quem era, que tava com você, que você beijou, pegou assim no cabelo dela, pegou, passou a mão bem devagarinho na nuca dela, que nem você passava na minha nuca, eu vi, depois você chegou o seu rosto no rosto dela, e encostou a sua mão na boca dela, você tava limpando o batom, tava fazendo o quê? Eu não vi bem, quer dizer, eu vi, você chegou perto dela, e beijou, eu vi, você deu um beijinho, assim, pitoquinha, como você chamava quando a gente começou a namorar, pitoquinha, ridiculamente, pitoquinha, lembra? Aí, depois de três ou quatro pitoquinhas, eu contei, eu contei bem, uma pitoquinha, duas pitoquinhas, três pitoquinhas, quatro pitoquinhas, você pegou e deu um beijo nela que eu vi até a sua língua, língua pra fora, que nem cachorro excitado, sua língua que eu não vejo há tanto tempo, ai, você não me beija assim, de língua, há quanto tempo? Mas ela você beijou, beijo de língua, eu vi. Quem era essa mulher, como é que você fez isso, por que você fez isso, assim, sem me falar nada, eu vi. Viu porra nenhuma. Sua louca, sua filha da puta, sua insegura, que não tem o que fazer, que não sabe o que fazer, sai dessa, inventa, faz bolo, faz doce, faz merda, mas não fica aí que nem mulher que não tem o que fazer. Eu vi, eu sei que era você, eu vi. Quem dera eu pudesse estar à tarde que nem você fazendo porra nenhuma, passeando de carro, vendo coisa que não existe, imaginando coisa que não é. E quer saber? Eu não vou perder meu tempo com a tua loucura. Amanhã tenho reunião cedo, vou dormir. Imediatamente, como quem corta a cena antes de a cena acabar, ele apagou a luz e apagou lila, e o tempo todo do mundo acabou e ela não pôde ver nem a cena final. O filme acabou antes do the end.

Lá pela madrugada, ele se enroscou nela, e bastou ele se enroscar nela, jogar a perna dele sobre a perna dela, o braço dele sobre o braço dela, pé sobre pé, pra ela se enroscar nele, feito cachorro no dono, e assim aconchegada, dormir.

De manhã, ele abriu a cortina e levantou os vidros; o ar gelado entrou pelo quarto, ela sentiu frio e gemeu. Tá na hora, levanta. Ela apertou mais os olhos, odiou a luz, quis reclamar, mas logo ele lhe deu um beijo na boca, um beijo gostoso, e ela ficou feliz e dormiu. O sono foi pouco porque logo ela acordou com o telefone tocando e ele avisando: hoje não vou jantar aí não, vou ter reunião, não me espera. Justo hoje, nosso aniversário de casamento? Justo hoje, que eu comprei um presente pra você? Justo ela sabia que não era tanto não, ele nunca lembrava de aniversários, quanto mais de aniversários de casamento; justo também não era não, gostar de comprar presente pros outros ela sempre gostou, ainda mais presente para o seu homem. Era bom entrar na loja e pedir um sapato quarenta e três, uma camisa gê, uma calça quarenta e quatro. O homem dela era assim, grande, bonito, as medidas exatas, a altura perfeita. Um homem como aquele não era pra qualquer uma; uma mulher de um homem como aquele não podia ser qualquer uma. Glória era poder ter um homem assim... mais forte que você, com certeza, um pouco mais alto que aquele ali, corpo atlético, sem barriga, ele corre todo dia, não tá que nem eu não. O vendedor sorri, que nada, você está ótima, a vendedora também sorri, mas ela desconfia do sorriso, do sorriso dele e do sorriso dela. Devem pensar: como um deus todo-poderoso desses pode ser casado com uma mulher assim, caída, sem bunda, com peito murcho e essa barriga nojenta, com certeza cheia de estria. Ai, meu deus, essa vendedora tão novinha, toda produzidinha, a sandália na última moda, e eu aqui, com essa roupa de mil anos atrás, esse tênis ridículo, tô pior que a vendedora, como é que pode? É alguma data especial?, pergunta a produzidinha. É, dez anos de casados. Dez anos, vocês já têm dez anos? Ela deve ter me achado assim, velha, velhíssima, casada esse tempo todo, dá nisso, dei bandeira, tô, tô mal comida sim, sexo já não é a mesma coisa não, beijo de língua nem pensar, sexo oral, imagina. E se fosse só isso... Que horror. Pra comemorar dez anos, ela continua, o presente tem mesmo que ser especial. Bem caro, logicamente. Hum, deixe-me ver. Um relógio. Ele tinha que gostar. Não podia ser como no último natal — lila só lembrou quando assinou o cheque... —, que o presente foi também um relógio, mas que ele nunca, nunca usou, nem da caixa tirou, nem disfarçar disfarçou. Ele nunca usou, e se nunca usou, nunca lembrou, entre a hora e o minuto, entre o minuto e o segundo, que aquele relógio foi ela quem deu. E já que era isso que ela queria quando deu o relógio, insistiu: comprou o segundo relógio. Dessa vez melhor, mais caro, bacanérrimo, perfeito pra comemorar uma data tão especial. Mas você ainda se importa com data? Vê se cresce, ele repetia do outro lado da linha como alguém que diz um slogan perfeito, vê se cresce, uma verdade verdadeira, isso é que é. Vê se cresce. E como ela não cresceu, e não ia mesmo crescer de um dia pro outro, nem de uma hora pra outra, nem de um minuto pro outro, ela continuou. Raul, reunião de quê? Como assim? Reunião pra quê? Pra quê como? Essa reunião, logo hoje. Logo hoje, por quê? Trabalho é trabalho, ou você não quer que eu trabalhe? Que horas acaba? E eu lá vou saber? E não adianta nem ligar pra cá, hein, não vai ter ninguém. A secretária vai embora, o segurança também. E o celular? Vou desligar. E se eu quiser falar? Falar o quê? Sei lá, falar. Se quer falar, fala, fala logo, porra. Silêncio. O que que é, porra? Tô ocupado! E quando ele falou o primeiro porra, o pensamento dela engasgou. Já quando ele falou o segundo porra, foi a palavra dela que engasgou. Deixa pra lá, outra hora a gente fala, falou? Você, hein. Você não cresce mesmo.

Quando foi de noite, ele não chegava. Ela olhava o relógio e ele não chegava. Uma reunião não pode durar tanto, não tem reunião que dure tanto, ele não está nessa reunião, é óbvio que não está. Era óbvio; quer dizer, quase era óbvio. Onde será que ele está? Pode estar no motel com a mulher. Que mulher é essa? Onde foi que ele encontrou essa mulher? Quando tudo começou? Como foi a primeira vez? O que ele diz, o que ela diz, o que ele faz, o que ela faz? As perguntas foram vindo, primeiro uma a uma, depois juntas, correndo, atropelando seus pensamentos, desnorteando-a. Achou que ia enlouquecer, pensou nele na cama com a outra mulher, não, não queria pensar, mas não parava de pensar. O que será que ele está fazendo? Será que ele tirou romanticamente a roupa dela, peça por peça, ou despiu ela toda assim, de uma só vez? Ou será que ela foi ao banheiro e já voltou pelada? Será que eles começaram no sofá, na cama; deitados ou em pé? Ou será que no carro, ela chupando ele, como ele tantas vezes pediu a mim que fizesse? Ela geme alto ou baixo? A vagina dela é úmida ou seca? Será que ele está achando a vagina dela melhor que a minha? O peito deve ser maior; filho, ela não deve ter, com certeza ele não quer mulher com filho, isso ele já tem, eu. Deve ser novinha, claro, sem filho, jovem, loira e solteira; procura. Ele está por cima? Tá por baixo? Por trás ou pela frente? Tá deslizando a mão pelo corpo dela, carinhosamente, ou tá fodendo, louco de tesão? Tá com muito tesão ou tá fingindo? Estão conversando baixinho ou rindo alto, de coisas sem graça que na cama se tornam as mais engraçadas do mundo? Ai, meu deus. Disse que foi a melhor trepada da vida dele, foi a melhor trepada da vida dele? Ele tá achando a mulher a mais gostosa do mundo e ela tá achando ele o melhor homem do mundo, o corpo mais bonito, o pau mais perfeito? O que eles estão se dizendo? E sobre mim, o que ele tá falando pra ela? O casamento acabado, o sexo ferrado? Ai, meu deus. Ele no chuveiro ensaboando a coxa dela, depois a barriga, agachado, a água caindo e ele nem se importando se a água tá quente ou fria, se o boxe é pequeno e estreito, se o chão é frio úmido sujo. Cada vez ela ficando mais louca, completamente louca. Talvez muita água fria para curar tudo, limpar o pensamento, clarear as idéias, como se diz, mas nem banho, nem banho demorado, deixando a água bater com toda a força sobre seu rosto, sobre sua cabeça, deixando a água fria fazer o corpo todo tremer, nem toda essa água fria adiantava não, o pensamento não limpava não, ia ficando mais sujo, sujo, sujo, de horrorizar qualquer mãe, de deixar qualquer um enrubescido, mas era o que ela pensava, a água fria batendo na cabeça dela e ela pensando nele e nela, no banho de água que devia ser bem quente, que embora ele não gostasse de água quente não, ela aposta que pra loira jovem solteira procura, ele ia deixar o banheiro ferver, o espelho embaçar, o corpo suar. Por onde ela ia, o pensamento dela ia junto, sujo, perturbando, como uma sombra que não se afasta, pra lá e pra cá, ela olhava um menino, olhava outro menino, pegava uma água, ligava a tevê, desligava a tevê, nada adiantava, por onde ela ia, lá iam, juntos, a mulher e ele, como uma praga, e a imagem, ali, na frente dela, como uma fotografia reproduzida mil vezes, de todos os ângulos, um beijo que ela olhou primeiro porque era um beijo, depois porque era um beijo bem beijado, daqueles que dão inveja, e depois ainda porque o beijo bem beijado daqueles que dão inveja era dado simplesmente pelo homem dela, o marido dela, o pai dos filhos dela, dos três filhos dela, que ela nunca pensou que pudesse beijar outra mulher que não ela, que ele beijava muito raramente e muito mal e porcamente, quase sempre um beijo sem graça, daqueles que nem se encosta a língua de um na língua do outro, algumas vezes, poucas vezes, um beijo bem dado, um beijo apaixonado, entre os lençóis, que ela preferia que fossem de um motel, mas eram da cama deles mesmo, lençol mais que batido, de bordado inglês já conhecido. Mas o beijo dele na loira ela não conhecia não, ou já tinha até se esquecido, e isso era o que mais doía, ver o que ela não tinha, sentir o que já não sentia. Como podia? Já tarde da noite, não suportando mais os pensamentos, a dor, era muita dor, ela pegou o carro e saiu. Feito louca, pelo centro da cidade do rio de janeiro. Foi primeiro ao trabalho dele, olhou de cima a baixo, de baixo para cima, naquele prédio de mais de vinte andares, de muitas e muitas salas, só tinha um quadrado iluminado; podia ser a sala dele, ela não sabia; trabalho é trabalho, ela nunca tinha ido lá. Bem que ele disse que ia trabalhar, coitado, cansado, coitado, e eu aqui, feito uma louca, sadomasoquista, voyeur pervertida. Ciumenta insegura. Paranóica. Vê se cresce. Procurou o porteiro, segurança não viu. Bem que ele tinha avisado. Pensou em subir, a luz estava no décimo primeiro andar, mas o elevador estava desligado. A escada, escura. Se o carro dele estivesse na garagem... Está indo onde, senhora?, perguntou o porteiro que parecia dormir. Ver se o carro de meu marido tá aí, seu raul, conhece? Não, sou novo aqui, mas a ordem que tenho é não deixar ninguém entrar. Sinto muito, mas não pode não. Ela queria dizer, tem que poder, tem que poder, preciso entrar, preciso ver, preciso saber. Pode não, ele repetiu. Ela voltou pro carro. No centro do rio, só mendigos e bêbados. Um homem bateu na janela, pediu dinheiro. Ela abriu a bolsa, disse que não tinha não. Ele voltou, me dê os dez, eu vi. Ela queria também ver. Foi pelas ruas, olhou as esquinas, talvez um antigo drive-in; mas nada, tudo deserto. Quando de volta, exausta, entrou na garagem do prédio, viu o carro dele, como sempre, rigorosamente estacionado: as duas rodas da frente rigorosamente antes da listra amarela, as duas rodas de trás rigorosamente sobre a listra amarela. Ela subiu as escadas, trôpega. No quarto escuro, deu com ele, estirado sobre o lençol, o de bordado amarelinho desbotado, talvez aliás fosse isso, o lençol; os lençóis, eram os mesmos de dez anos atrás, os lençóis do enxoval, já rasgados, surrados, não esboçavam mais qualquer desejo. Vou, amanhã mesmo, vou comprar um lençol novo, branco, todo branco. Mas o homem nem se mexeu, lençol pra quê? Pensou que já era tarde demais, respirou fundo, tirou a roupa e deitou a seu lado. Onde você estava? Na casa da ana, fui lá comemorar nosso aniversário de casamento. Ah, bem, ele gemeu, completamente satisfeito com a resposta. Ah, bem.

Ela ficou ali, rodando de um lado a outro, sem conseguir dormir. Ainda bem que o dia amanheceu logo, seis horas, conferiu o relógio. Você já acordou? Ainda não dormi. Por que não tomou lexotan? Acabou, esqueci de comprar. Comprei um presente pra você. Cadê? Tá aqui. Ele abriu a caixa, viu o relógio, deixou o relógio na caixa, colocou a caixa na mesa. Gostou? Bonito. Ela queria mais. Gostou ou não gostou? Já disse, gostei, mas pra que outro relógio? Você já me deu uns três, perdi até a conta. Não, foram só dois. Eu não tenho tanto pulso assim. Ela sentiu raiva. Escuta, ontem você não chegava, onde você foi? Fiquei trabalhando. Que horas você chegou? Antes de você. Isso eu sei. Você estava onde? No escritório. Tem certeza? Já disse que sim, não enche, como você é ciumenta. Vê se confia mais no teu taco. Vê se cresce. E saiu, e entrou no banheiro, e bateu a porta, com força, com mais força que nos outros dias, ela sentiu. Logo depois, ela ouviu a água do chuveiro cair. Do outro lado, ouviu os meninos conversarem. Deviam estar tomando café. Podia ir lá, dar um beijo em cada um, desejar bom dia, boa prova, saber a que horas voltariam, levá-los até a porta, será que tinham dinheiro para o lanche? Mas era absolutamente impossível levantar, o corpo doía, a cabeça pesava. Ela sentia que seria impossível resistir ao beijo bem beijado. Quando ele apareceu no quarto, com a toalha amarrada na cintura, o cabelo bem penteado, o cheiro de perfume invadindo todo o ambiente, o mesmo perfume deixado no travesseiro ao lado, na cueca limpa da roupa suja, ela quase se esqueceu de tudo. Bem que ele podia deitar aqui e fazer amor. Agora? Tô atrasado, ele responderia. Ou talvez não, talvez fizesse um amor rapidinho, daquele que entra e sai, e ela ia ficar ali, prostrada na cama, toda melada, enquanto ele rapidamente se levantaria, poria a cueca, a calça, a camisa, a gravata, o sapato, e pegaria a mala e daria um rápido tiau, e ela ficaria na cama, com vontade de fazer tudo de novo, do jeito dela, porque o jeito dela nunca era o jeito dele, e o jeito dele era sempre o jeito dela. Você tem certeza que você não está me traindo? Lá vem você de novo, quer ligar pra quem, vai, liga, liga pro presidente da empresa, pergunta a ele se eu estava ou não estava com ele ontem à noite, é isso que você está insinuando, não é? Você acha que eu estava com quem, hein? Vamos acabar logo com isso. Ele pega o telefone e começa a discar. Rosa, é raul, o doutor pierre já chegou? Doutor pierre, é raul. Minha mulher quer falar com o senhor. Você está louco, pirou, ficou maluco? Você acha que eu vou perguntar ao presidente da empresa se o meu marido estava ou não estava com ele? Você acha que eu sou quem? Então não me enche, pára. Não vem com perseguição. Doutor pierre, perdão, lila não está podendo falar, mas nós já resolvemos. Daqui a pouco eu estou chegando aí. Ele desligou o telefone. Você está ficando louca, procura um analista, eu nunca acreditei nisso não, mas eu acho que você está precisando, eu pago. E bateu a porta com tanta força, que a maçaneta despencou. Puta que pariu, acordar assim é foda, resmungou pelo corredor, deixando pra trás o cheiro do perfume, perfume do pescoço, perfume do travesseiro, perfume da cueca dobrada na gaveta, espalhada na roupa suja. Ela pegou o fone e deu recall. Alô. Ana, é você? Sim, agora não tinha mais dúvida, ela não podia ter mais dúvida, ele mentia. Mentia. Devia estar com a loira, ou com outra qualquer. Será que ele tinha mais de uma? Há quanto tempo ela era traída e não sabia? Ela saiu correndo, raul, raul, o que foi dona lila, nada maria, nada. A porta da garagem acabava de fechar, ela ouviu ainda o pneu do carro cantar. No décimo primeiro andar de um prédio do centro da cidade do rio de janeiro, a luz da sala ainda devia estar acesa. Ou não.

Bebeu um gole de café, onde a senhora vai, a essa hora, assim desse jeito, a senhora tá com cara de quem não dormiu bem, não dormi mesmo não, maria, aliás não dormi, mas preciso ir, vou por aí, preciso resolver um problema, daqui a pouco volto. E lá foi ela. Pra que tanta pressa? O coração na boca, disparado. Você viu se seu raul chegou? Chegou não, respondeu o porteiro. Mas será possível, será que já? Estacionou o carro e ficou quieta, sentindo só a perna bamba, ele podia chegar a qualquer instante e pegar ela ali, espiã, espiã. E não haveria desculpa, e não haveria justificativa, espiã, espiã. Quem sabe o telefone não estava com defeito, não gravou porque não gravou a ligação dele para seu pierre, o beijo, ela viu, mas quem sabe ela não se enganara, nada é tão certo assim, há muitas coisas na rua, há muitas coisas na vida. E o tempo vai girando, e ela ali parada. Uma, duas, três horas. Ele, nada.

Filho de uma puta, canalha, sacana. Vai ver só. Voltou pra casa e passou o dia olhando as gavetas, a roupa suja, os álbuns de fotografia, as camisas no armário, os quatro, não, não eram dois nem três, eram quatro os relógios, ele estava certo, ela tinha dado quatro relógios, e nem tinha reparado que tinha dado os quatro relógios, um, dois, três, eram quatro os relógios, todos ainda nas caixas das lojas. Olhou as caixas, olhou os relógios, ligou para o escritório: doutor raul ainda não chegou. Sabe onde ele está? Ele avisou que tinha um compromisso, não vinha pela manhã. Como? Ela não sabia, sabia menos que a secretária, ela sempre sabia menos que as secretárias, ai que inferno. A agonia aumentava, agonia que não deixava ela ver mais nada, nem a febre do menino. Dona lila. Que foi, maria? Me deixe sozinha. Dona lila, raulzinho tá queimando de febre, já chegou ontem vomitando, melhor a senhora ver logo um médico, dizem que febre e vômito não é bom sinal. Raulzinho?

Quando ela viu, quando ela conseguiu ver outra coisa, quando ela conseguiu ver outra coisa que não o beijo bem dado na rua engarrafada em plena luz do dia, quando ela viu, o menino ardia em febre, e nem banho frio, e nem trinta, nem quarenta, cinqüenta gotas de novalgina abaixaram a febre do menino. Pronto-socorro urgente, disse o médico. Ela pegou o menino no colo, estava grande o menino, pesado o menino, e saiu correndo com ele; ele gemia, ela gemia, desesperados. Tentaram se lembrar a que horas a dor de cabeça dele tinha aparecido, mas, como ele, ela também sofria, e não conseguia se lembrar exatamente de nada, porque a dor de cabeça dela talvez fosse igual ou maior que a dor de cabeça dele. Ele vai ter que ficar internado, estamos suspeitando de meningite. Ele reclamou de alguma coisa pra senhora? Sim, reclamou, não, bem, reclamar, ele reclamou, mas eu achei que não era nada. Ele está com febre desde que horas? Não sei. Ele comeu hoje? Não sei. Evacuou? Não sei. Quantas vezes ele vomitou? Escuta, seu médico, será que não dá pro senhor perceber que eu não sei de nada? Quisera ela lhe falar assim, mas impossível: desculpe, doutor, passei o dia de ontem fora de casa, trabalhando — quisera ela estar trabalhando, desligada de tudo, fora de casa, mas impossível: cheguei tarde, cheguei tarde, não sei de nada — mentiu. A senhora fique calma, vamos tentar controlar. Seu marido está viajando? Melhor então chamá-lo. Chamá-lo sim, mas onde? Se ela pudesse dizer que não podia chamar o marido; que não sabia onde estava o marido, com quem estava o marido, se ela pudesse dizer ao médico tudo isso, e se, além de dizer, ela pudesse lhe pedir que achasse seu marido, que chamasse seu marido, que visse com quem seu marido estava, se ela pudesse. Vou ver se consigo localizá-lo. Maria, raul ligou? Não, dona lila, ainda não, mas calma, eu já acendi uma vela, o menino vai ficar bom. Esse não é o problema, maria. Não? É, também é, mas não é só. Acha o raul, eu não vou agüentar, essas horas todas, cadê o raul? E o raulzinho? Primeiro, o raul, maria, acha, acha o raul. Essas horas são as mais perigosas, as de maior risco. Eu entendo, doutor, mas não aceito, doutor, como pode, de repente? É assim, senhora, a vida é assim, as coisas acontecem assim, de repente. Eu entendo, doutor, mas não aceito, doutor. Por favor, aceite, é melhor pra senhora, aceite. Eu não vou aceitar, eu não vou agüentar. A senhora vai ter que agüentar. A senhora vai ter que esperar. A senhora vai ter que aceitar.

Quanto tempo esperar? Quanto tempo esperar para confirmar? Ele está ou não está me traindo? Meningite ou não? O telefonema, o beijo, o dia sumido, a mentira, que provas mais ela ainda procurava, de que provas mais ela ainda precisava? Como ter dúvidas? Filho da puta, adúltero, sacana. Às vezes a gente tem que saber esperar, disse o médico. Esperar, ela não sabia; esperar, ela não queria. E agora ali estava ela, esperando, do lado de fora da porta do ceteí, com o filho caçula lá dentro, sozinho, e ela cá fora, sozinha, esperando. Meu filho, meu perdão. Perdão por não ter visto que você passava mal, perdão por não ter levantado da cama pra te dar bom-dia, perdão por não ter preparado teu almoço, feito teu prato, um ovo, quem sabe, não ter feito teu suco, você gosta tanto de suco, meu amor, perdão por não ter acreditado na tua dor de cabeça, não ter visto você vomitar, meu deus, eu não vi ele vomitar, só ouvi, mas não vi, não quis ver, e quando você bateu na minha porta, perdão por não abrir, mas não dava pra eu abrir, eram tantos os papéis sobre a cama, bilhetes e cartas, o que eu ia falar pra você? Perdão, meu filho. Eu juro, nunca mais vou pensar mais em mim que em você, nunca mais vou pensar mais no seu pai que em você, eu juro, não tomo mais coca, não como mais chiclete, não falo mais no telefone, eu juro, vou à missa, rezo, confesso e comungo. Mas mal ela jurava todas as juras de infância, ouviu os passos do homem, eram fortes os passos do homem, sempre anunciando a chegada. O que houve? Raulzinho tá com meningite. Meningite? É, a dor de cabeça que ele estava. Dor de cabeça, eu não sabia, por que você não me avisou? Viado, filho da puta, sacana, adúltero. Como?, ela perguntou. Não sei, levou ele ao médico? Viado, filho da puta, sacana, adúltero. Achei que ia passar. Negligência, tem coisas que a gente não espera. Viado, filho da puta, sacana, adúltero, ela queria, precisava acreditar. Você conseguiu conversar com o médico? Ele disse que era pra eu esperar, eu disse que não ia agüentar, mas ele disse que eu tinha que agüentar. Não adianta ficar assim agora. Viado, filho da puta, sacana, adúltero, sempre controlado. Vá pra casa descansar que eu fico. Vou? Ela não queria, não queria deixar o menino, não queria deixar o pai do menino. Mas era sempre ele que decidia, quem ia, quem fica, quem faz, quem é. Viado. Será possível que ela ainda o amava? Vai, qualquer coisa eu aviso. Tem coisa que não se pode esperar. Você vai ter que esperar. Que confusão. Viado, filho da puta, sacana, adúltero. Ela precisava acreditar. Só dois lexotans para fazê-la esperar e agüentar.

De manhã, acordou correndo, lembrou raul, lembrou raulzinho, cadê um, cadê outro. Pôs bem rápido um vestido e foi correndo encontrar os rals. Chegou ao hospital, procurou por um, procurou por outro, não achou nem um nem outro. Meu deus, cadê? Já pensou se? Correu até a recepção, calma, quarto quinhentos e seis. E lá estavam. Raulzinho dormia, raul lia o jornal, como sempre. Página por página. Onde teria ele encontrado esse jornal? Como podia ter cabeça pra ler esse jornal? Até aqui, no hospital, lendo jornal. E daí, o que você tem a ver com isso? Tenho, nosso filho doente, e você lendo jornal. O que o médico falou? Você é louca, você confunde tudo, o médico não disse que era meningite, podia ser meningite, podia, mas você já achou que era. Por que você é assim, lila, tão trágica, tão pessimista, tão dramática. Eu, trágica, pessimista, dramática? O médico me disse que era. Você insiste, inventa, exagera, só uma infecção, louca, descontrolada, chama infecção de meningite, fantasia da sua cabeça, coisa de quem não tem o que pensar, só pensa merda, acho que é pra enlouquecer de vez os outros, só pode ser. Você precisa aprender a se controlar, lila, deixar de ser louca. Eu, louca? Você aí lendo jornal... E quando o menino acordou, e quando o menino que parecia ter meningite — sim, o médico tinha dito sim, ela sabia que sim, podia até estar descontrolada, podia sim, sempre ela podia, mas não era louca não, não era não, e quando o menino sorriu, eles juntaram as coisas, pagaram a conta — cara a conta — e partiram. Raul levou raulzinho e ela ficou livre para falar, sem parar, que o médico tinha dito, que o menino tinha, talvez tivesse, talvez não tivesse, meningite, ainda bem que não tinha, já pensou se tivesse? Você é exagerada. Louca, lila. Diante da palavra do homem e do sorriso do menino, ela foi obrigada a pensar, será que tudo era loucura dela? Viado, filho da puta, sacana, adúltero.

Quando eles chegaram em casa, foram para o quarto. Ele sentou na cama, começou a tirar o sapato, tirou um pé, resmungou, tirou o outro pé, colocou um pé do lado do outro, ajeitou pé com pé. Onde você estava ontem que eu te procurei feito louca e não te achei? Ele tirou a meia, coçou o pé, olhou o dedão, arrancou uma pelezinha do dedinho, olhou para ela e calmamente falou: chega, já não vou mais responder aos seus interrogatórios, passei a noite sem dormir, olhando pro seu filho, e agora me deixe em paz, quero descansar. Onde é que você estava ontem que eu te procurei por tudo que é canto e não te encontrei em canto algum? repetiu ela, com o tom levemente mais alto. No hospital. No hospital. Eu sei, você sabe que isso eu sei, essa noite. Mas eu quero ontem, o dia todo, de manhã à noite, onde você estava ontem, raul? Pára de me perseguir. Você está fora de si. Fora de mim sim. Você está mentindo pra mim, fora de mim, sim. Não teve doutor pierre. Você mentiu, raul. Raulzinho não estava com meningite, você é que mentiu, lila. Eu? Inventou. O menino estava doente, o médico disse, só doente. O médico não disse nada. Você é que achou que, você delira. Deliro não, posso até delirar, mas você está me traindo, raul. Viado, filho da puta, sacana, adúltero. Você está completamente fora de si, o que que te deu, lila? Você é mórbida. Só pensa em merda, só pensa no fim. Até meningite você foi capaz de pensar. É pra me punir, é? É pra me sacanear, é? Eu sei, você quer me punir, você quer me sacanear, mas não tem jeito, você não vai conseguir, você não vai me tirar do sério, hoje não. Essa tua calma nojenta, esse teu bom senso ridículo, esse teu jeito de dono da razão, raul, rei da razão, raul, dono do mundo, você me irrita. Você não cai nunca, não desmorona, não pede perdão. Você tá me traindo, tá me mentindo, e fica assim, com essa cara, cara lavada. Desmorona, vai, pede perdão, assume, você tá me traindo, você tá me mentindo. Sacana, filho da puta, adúltero. Mentiroso. Prova, cadê a prova, quero ver a prova, cadê, cadê? Me olha, me cheira, vem, tira a minha roupa. Vem procurar marca de batom, vem; vem procurar cheiro de outra mulher, vem;

que é isso que você tá querendo; é isso que você deve estar bem fazendo enquanto eu saio pra trabalhar, pra ganhar o dinheiro que paga as tuas contas, as tuas roupas, o teu cabeleireiro, as tuas manias, você fica aí, sem ter o que fazer, procurando prova, inventando loucura, catando rastro. Viado, filho da puta, sacana, adúltero, não vem com essa agora. É isso sim, porque você não reconhece, você não reconhece o que eu faço por você, o que eu faço pelas crianças, o que eu faço pela nossa família, não reconhece, você esnoba, não valoriza; enquanto eu tô fodido, dando o couro pra pagar as despesas dessa casa, que você não controla, porque você é uma gastadeira, uma descontrolada, insana, insegura, insana, é isso que você é; enquanto isso, enquanto eu tô lá, você fica aqui, vigiando as minhas coisas, cheirando as minhas roupas, olhando as minhas gavetas, lendo minhas cartas, procurando camisinhas, você não tem vergonha não? É isso que você anda fazendo, não é? Feito cão policial. Pois agora vem, eu estou aqui, inteiro, pra você investigar; procura, procura as pistas, vem, ou você é mulher que só fala, só acusa? Procura, eu tiro a camisa, vem me cheirar, cheira que nem cão, fareja, lila, sua cadela louca.

E enquanto ela olhava assustada pra aquele homem que crescia à sua frente, feito policial, ele pegou lila pela nuca, pelo pescoço, e mandou: cheira, sua vaca, sua louca, sua vaca, vagabunda, vagaba, cheira. E ela falava, falava, não, sussurrava, você tá louco, você enlouqueceu de vez, e pior, quer me levar à loucura. Você é maluco, raul. Maluca aqui é você, cadela fedida, cheira. E se não era por bem, ele resolveu por mal. Pegou a cabeça dela, e jogou a cabeça dela contra o corpo dele, e ela não teve saída, começou a cheirar, fungava, fungava, e o homem gritava, funga, funga mais, funga mais alto, cadela fedida, funga, e ela foi fungando, cheirando o pescoço do homem, o braço do homem, o peito do homem, funga, não é isso que você quer? Funga, e ele empurrava a cabeça dela no corpo dele, e quando ela viu, ela fungava sobre o sexo dele, e aí ele começou a fungar, e ela viu que ele começou a fungar e aí ela começou a fungar mais, mais alto, a gemer, a fungar e a gemer, e a lambê-lo, lambê-lo e lambê-lo, e o ódio foi virando alguma coisa que ela não sabia bem o que era, ela mordia, ele gritava, ela fungava, ele gritava, e as coisas iam trocando de lugar, ele foi virando o cão ou ela foi gostando de ser a cadela, ela não sabia bem o que era, loucura, era, mas ela já estava acostumada às loucuras dele, e ela fungava e aí não teve mais jeito: ele subiu sobre ela, e trepou nela, você não tem mesmo jeito, você é louca mesmo, e comeu ela, e ela se sentiu uma cadela vira-lata e aí quis tirar ele dela, mas era tarde demais, e quanto mais ela o empurrava, mais ele vinha, e mais ela fungava, e quanto mais forte ela jogava ele pro outro lado, e mais fungava, com mais força ele voltava, e ele foi entrando nela,

ela fungando, e ele entrando, ela fungando, violentamente, e aí ela já não sabia de mais nada, se gostava ou não gostava, se deixava ou não deixava, se gozava ou não gozava. Quando ele gozou, e quando ela gozou, ele disse, tá vendo, você não sabe mesmo o que quer, você não sabe mesmo o que diz. Tudo pra isso, pronto, tá feito. Era isso que você queria, não era? Pois eu fiz, vê se agora me deixa em paz. Viado, filho da puta, sacana, adúltero. Deixou ela ali, no chão, não sabendo direito o que tinha acontecido, mas ela também nunca sabia direito o que tinha acontecido, eram tantas as sensações, e o que tinha acontecido pra ela nunca era igual ao que tinha acontecido pra ele, prova que ele tinha se levantado, trocado a roupa, como alguém que tinha acabado de lavar as mãos, assim, quando as mãos já estão limpas, banalmente lavado as mãos, tudo certo, tudo bem, e ela ali, jogada ao chão, incapaz de se levantar, destroçada, feito presa rendida, estraçalhada, estuprada, pior, estupro consentido, estirada ao chão, estrangulada, sem força de fazer nada, com tudo rodando sobre ela, e com tudo isso rodando sobre ela, mesmo assim, com tudo rodando, ela viu um papel. Um papelzinho branco, um papelzinho qualquer, podia ser um recibo de algum posto de gasolina, um restaurante, qualquer bobagem. Mas, sei lá por que, ela foi até o papel, um papelzinho qualquer, bobagem. Só que bobagem qualquer não era, era um papel, um papel, folha branca, caneta azul, um papel e lá estava, com letra manuscrita, letra de mulher, um papel, concreto, por uma caneta qualquer estava escrito: meu doce amor, hoje foi melhor que ontem, ontem foi melhor que anteontem, amanhã vai ser muito melhor que hoje. Ai, não, raul! Viado, filho da puta, sacana, adúltero. Doce amor de um bilhete ridículo. Um papelzinho qualquer, uma caneta qualquer, um bilhete escrito, palavra, substantivo concreto, não era como pensamento, substantivo abstrato, duvidoso e confuso. A palavra existia, tanto quanto o concreto. Ela partiu atrás de raul, feito cão desesperado depois de encontrar a pista.

Saiu do quarto e encontrou ele rindo das piadas sem graça do programa sem graça de televisão de que ele teimava em achar graça. Raul, você teve coragem? De quê? Filho da puta, canalha, escroto. O que é isso, raul? Você teve coragem, coragem de me trair, de sair com outra mulher, coragem de continuar aqui, comendo aqui, me comendo aqui, dormindo ao meu lado, dividindo o mesmo lençol, usando o mesmo banheiro, o meu sabonete, o meu desodorante, a pasta de dente, você teve coragem? De subir em cima de mim há menos de dez minutos, de me lambuzar por inteira, com esse pau que eu não sei onde entrou, que coisa sacana, fazer isso comigo, você teve coragem? Não sei do que você está falando, lila, louca, agora você enlouqueceu de vez, louca, lila. Sabe sim, tô falando desse papel aqui, sabe sim, que papel é esse? Ele ficou mudo, ligeiramente pálido, por um instante ela sentiu que ele ia falar e teve medo do que ele ia falar. Mas ele não falou, raul não fala, e logo se recompôs, deve ter pensado em qualquer coisa, na grana, no negócio, na reunião de amanhã, qualquer coisa bem diferente do que estava sendo dito ali, tão diferente que ele não percebeu nem o que estava sendo dito ali. Papel? Por quê, por quê? Por que você não me disse? Quem é que é? Quem é você? Há quanto tempo você me trai? Por que você me trai? E quanto mais ela falava e quanto mais ela perguntava, menos ele falava, menos ele respondia. E quanto mais ela chorava, mais ela gritava; e quanto mais ela gritava, mais calmo ele ficava. Nojento, escroto, filho de uma puta, como é que pode? Quem é que? E ele não dizia. Desde quando é que? E ele mudo. Como é que foi? E ele mudo. Vai, confessa, fala alguma coisa, seu escroto, filho da puta, sacana, adúltero, agora ela podia dizer, não precisava só pensar, agora ela podia dizer, podia gritar, mas mesmo podendo dizer, podendo gritar, ele não conseguia e dizia como quem diz bonito, lindo, querido, amado, meu doce amor, como no papelzinho, nem xingar, gritar, falar bem alto, ao menos, ela sabia. Você perdeu a razão. Você está louca. Eu, louca? Pode até ser, mas some daqui, seu filho da puta. Vou sim, você é louca, vou sim. Pois vá, grita chorando ela. E ele parte para o quarto, com as largas passadas, parecem ainda mais fortes; ela tenta acompanhar, vai quase correndo, fora de si, louca, lila. Mãe? Eu nunca mais quero te ver, eu nunca mais quero te ouvir, junta o que é teu, essas cuecas nojentas, a tua coleção de meias, agora sei por que tanta meia; vai, tuas gravatas ridículas, teus sapatos fedidos, teus ternos e tuas camisas de manga longa, carrega tudo, pra bem longe daqui, muito longe daqui, que eu nunca mais quero ouvir a tua voz, eu nunca mais quero ver o teu rosto, eu nunca mais. Melhor agora que amanhã, melhor hoje que nunca. Mãe? Me deixe, menino, depois eu explico. Você quer isso, não quer? Eu não sei do que você está falando, eu não sei que papel é esse, eu nunca vi esse papel, tem meu nome nesse papel? Não tem, não é? Mas eu vou embora, se você quer, eu vou embora, olhem bem, meninos, é ela que tá me pedindo, é ela que tá me expulsando, a mãe de vocês — filho da puta, sacana, escroto, ela pensa mais uma vez —, me tirando de vocês, me fazendo carregar minhas coisas, me jogando contra vocês, é ela, a mãe de vocês, que faz tudo isso, vocês tão vendo, vocês tão de prova, é ela, lila, louca. Os meninos, mudos, os três meninos, trêmulos. Eu vou, carrego tudo que é meu, eu vou. Armário ambulante, ele levou tudo, quase tudo, sem deixar nada, quase nada, pra trás, a não ser os três meninos e uma mulher deitada no chão do quarto do casal que um dia foi e já não era mais. E ele partiu com os passos de sempre, pronto para bater a porta, como sempre, sem qualquer delicadeza, delicadeza pra quê? Mas antes de bater a porta, ainda no corredor, entre gravatas e camisas, sapatos e cintos, entre as cuecas brancas bem passadas e a coleção de meias pretas e marrons, ele fez questão de gritar, uma última vez, um último grito, um grito bem gritado, gritado ali, entre quatro paredes, entre duas mulheres, lila e maria, e entre três meninos, trêmulos meninos. Preparou-se para o grito, para o último grito; escolheu, então, a palavra, que tinha que ser a palavra certa, escolheu a palavra, a palavra a dedo, uma única palavra, bem soletrada, vogal por vogal, consoante por consoante, fonema por fonema, que ele fez questão de dizer, de gritar, em alto e bom som, que não era pra deixar dúvida nenhuma no ar. Antes de bater a porta, ele gritou: "louca". Louca, foi a palavra que ele escolheu pra ser o seu último grito, um grito bem gritado, que era pra não deixar nenhuma dúvida no ar. Ao som do "louca", ele bateu a porta e saiu.

Ela ficou, sozinha no quarto, chorando. O amor, o amor tinha se acabado, ali, há poucos minutos, logo depois de ela fazer amor, ali, há poucos minutos. Como podia o amor acabar assim, num instante, como vento que passa, com vinte palavras; fazendo as contas, eram duas palavras para cada ano ou então um ano para duas palavras, não importa, vinte palavras num papelzinho qualquer, num papelzinho mais que ridículo, levaram embora a história de dez anos, dez anos de história, como podia? Ela chorava, como o menino menor; tremia, como o menino maior. Calma, mãe. Não fica assim, mãe. Quer uma água, mãe? Ela não queria nada, só queria não ter visto o que viu, a tela, o beijo, o papelzinho; só queria não ter lido o que leu, hoje melhor que ontem, amanhã melhor que hoje. Há quanto tempo, como, quando, ela, uma boba, ingênua, traída, chifrada; ela, que acreditava nele, de manhã à noite, de segunda a segunda, de janeiro a dezembro, ano a ano; ela, que nunca tinha imaginado, não, imaginado tinha sim, mas ele logo retrucava: deixa de ser boba, tola, insegura, ciumenta, vê se cresce. Vê se cresce. Agora tudo acabado, perdido, passado. Vinte palavras e três dias, pelo menos três dias, do hoje ao anteontem, do anteontem ao hoje, três dias, tinham levado tudo, como vento que passa, levado dez anos de história, a história de dez anos. Levado todos os beijos, levado todas as cartas, todas as brigas, todas as noites, todas as festas, todas as frestas; todos os dez anos, vinte palavras, talvez menos, talvez mais, levaram tudo, como vento que passa, num instante, como o vento, levou tudo. As palavras, que força tinham as palavras, carta fica pra sempre, não escreva não; um beijo não. O beijo pode ser só um beijo, um beijo à-toa, um beijo como quem quer experimentar um doce, mas logo sente que o doce não é tão doce; um beijo pode ser só a primeira mordida, logo arrependida e cuspida, pronto, fim do beijo. Quem sabe também ele não dizia a verdade quando ela procurava por ele e não o encontrava, quem sabe ele não estava no escritório, em alguma reunião, com algum cliente, fornecedor;

ela que soubesse esperar, ela que soubesse se ocupar; podia, podia ter sido tudo isso, e só isso, mas não foi, houve o bilhete, um papelzinho qualquer, e vinte palavras, só vinte palavras que, num instante, em apenas um instante, levaram tudo. Explodiu, estourou, está tudo no chão. A casa, a vida, os sentimentos, o amor que se tinha, a vida que se levava, vida que ela achava que nunca seria diferente, porque os dias eram iguais, podia mudar uma coisa ou outra, mas eram iguais, a casa, o trabalho, a espera, a noite, noite boa ou noite ruim, a vida era assim, feita de um dia após o outro, e nada seria diferente, porque ela era o que era, como há trinta anos, e ele era o que era exatamente há quarenta anos, e nada poderia haver de diferente, de tão especial assim, que fizesse deles seres diferentes; a vida, a casa, o amor, a falta de amor, tudo seria assim, como hoje, como agora, eternamente. E num instante, por acaso, um bilhete, um papel, três dias, talvez menos, talvez mais, difícil precisar, afinal, não há palavra para anteontem, mas que importa, três dias eram mais que suficientes, três dias e apenas vinte palavras foram capazes de levar tudo; o instante levou tudo e era isso que doía. O instante, o mesmo instante cujo poder ela sempre teimou em não reconhecer — não vou conseguir, não vou aceitar, não vou agüentar, o instante que faz a meningite, o instante que faz um filho, faz a vida e faz a morte, um instante apenas, bobo, fugaz ou trágico instante, um instante que pode não ser nada, absolutamente nada, puro ar, vento que passa, mas pode ser tudo, completamente tudo, vendaval, que derruba tudo. O que tem que ser, será: destino, mera coincidência, acaso, vinte palavras escritas num papel ridículo por uma caneta ridícula, e só aquilo, mas tudo aquilo, levaram embora quase tudo, o visível e o invisível. A vida estourou. E foi preciso só um instante e vinte palavras. Como um vento que passa, derrubando tudo, vendaval.

Quando ela acordou, chamou maria. Maria, venha cá. Abre esse armário, carrega tudo que é dele, tudo, tudinho, enfia tudo numa sacola, coloca lá embaixo. Quando eu voltar, não pode ter nada mais desse homem aqui não.

Maria fez o que ela pediu e o que ele mandou. E quando lila voltou, encontrou: o vazio. Vazio na estante do quarto, vazio no armário do banheiro, na sala sem tevê, no escritório sem mesa e sem computador. Foi tudo embora: o creme de barbear, o perfume que ainda podia ser sentido no banheiro, as montblancs, as giletes, o telefone; foi tudo embora, tanta coisa ali era dele e ela nunca tinha percebido, foi tudo embora. Agora sim, podia ver, podia sentir, o vazio; ver até onde seria capaz de suportar, sentir, o vazio. Eu não vou agüentar, eu não vou aceitar, eu não vou conseguir; a cabeça doía, muito; o teto rodava, muito; tudo era o que não era e ela estava ali, completamente tonta, embriagada, de vazio. Chegou a pensar se tinha motivos para se sentir assim, tonta, embriagada, de vazio; afinal, o que era, era, e ela devia ser o que sempre fora, assim, como o quarto, branco; o tapete, limpo; a colcha, nova, embora o lençol, velho; tudo era o que era, simplesmente, antes e depois, tudo era o que era. No banheiro, a torneira pingava, como sempre, pingava; longe, ela ouvia os meninos brincarem, como sempre, brincarem; e o barulho das panelas na cozinha; como sempre, o barulho, das panelas, na cozinha. Tudo bem, maria repetia ao telefone, tá, tudo bem, como sempre, tudo bem, bem?

Pior que todos os vazios, era o vazio da alma, o vazio da vida. Por aquele homem, ela largou tudo: largou a mãe, largou os irmãos, largou as amigas; largou a escola e largou o teatro; largou até o balé, feito durante quatorze anos, todos os dias, quatro horas por dia, ela largou. Largou as coisas e largou as pessoas. Mas pior que largar as coisas e largar as pessoas, foi que ela se largou. Largou seus pensamentos, largou sua vida, largou seus desejos, e já sem vida, sem pensamentos e sem desejos, passou a encher sua vida, seus pensamentos e seus desejos com a vida, os pensamentos e os desejos do homem. Só queria ele, só pensava nele, onde é que ele está, a que horas volta, vamos aonde; tudo era ele, de manhã à noite, era ele; todos os dias, era ele; do jeito que fosse, era ele; estúpido, violento, agressivo, era ele que ela queria; ele que ela nunca tinha, nunca poderia ter, nunca teria, a não ser em raríssimos instantes na cama, no quarto escuro, escuríssimo, mas cheio dele. Agora que ela já não tinha mais ele e não tinha a vida nem os pensamentos e nem os desejos dele, com que ia encher a vida, os pensamentos e os desejos dela? Agora sem ele, era o vazio. Seus pensamentos, sua vida, seus desejos, era o vazio. Tudo estava desocupado, sem dono, sem nada, sem ninguém. Ela não sabia — vai ver porque ela sempre enchia sua vida, seus pensamentos e seus desejos com a vida, os pensamentos e os desejos dele, mas o vazio do pensamento, da vida e dos desejos doía tanto ou mais quanto a barriga vazia, ai, como doía. E pior, não havia atroveran que sarasse.

Difícil contar, difícil explicar, não há história para contar, o personagem principal largou a história ao meio, deixou a história sem fim, não há desenlace, não há nada, não há. Foi assim que ela se sentiu, sem história, completamente sem história. Levaram as palavras, levaram o romance, não havia mais o que ler, não havia mais o que contar, não havia mais com que rir e chorar, não havia mais nada, nem o bem, nem o mal. Ele morreu, de um minuto pra outro, ele morreu. E ela foi junto, aliás, foi ela, foi ela que morreu primeiro, como julieta, morreu primeiro, ela morreu. Ele, ele, ele, foi ele que me fez tudo isso, me derrubou, me estraçalhou, me matou, sem piedade, me matou. Foi ele, foi ele, romeu desaventurado, romeu desgraçado. Enquanto andava pela rua sem saber para onde ir, para que ir, andava, simplesmente, sem destino e sem rumo, sem nada por fazer; andava, como andam os mendigos, cambaleando, perdidos, sem destino e sem rota, procurando restos de comida nas latas de lixo dos prédios e das ruas; enquanto ela andava, mendiga à cata de quê, à cata de nada, ele vinha, vinha, entrava pela cabeça dela e ia tomando o seu corpo, o pescoço, os braços, as pernas, feito uma câimbra que não passa, que nunca passa, e podia ela sacudir o corpo, fazer massagem, balançar a mão que a câimbra não passava não. Ele vinha, desgraçado, desaventurado, sai pra lá, me largue, me deixe, me solte, preciso andar, preciso ir. Ela queria tirar ele dali, queria jogá-lo na lata de lixo, feito lixo, resto de comida podre, mas como um inferno, um fogo em chamas, ela se sentia, ardendo por dentro, queimando de feridas, foi ele, foi ele, foi ele que me fez assim, que me queimou assim, que me deixou assim, mendiga, à cata de lixos, perdida, bêbada de vazio à cata de nada. Não havia consolo, não havia palavra que aliviasse a dor, ele estava ali, em todos os lixos, e ao invés de ela jogá-lo mais e mais no fundo do lixo, e de fechá-lo bem fechado pra sempre com a tampa do lixo, ela tentava era tirá-lo dali, mesmo sujo, mesmo estraçalhado, como que tentando recuperar um gosto, um cheiro, um momento. Por que, por que não amassava ele junto com o presunto e o queijo podre, por que não jogava ele mais no fundo do lixo, no meio dos jornais sujos, da bosta de cachorro, do resto de comida fétida, dos modess nojentos cobertos de sangue? Ela não tinha coragem, não, pelo contrário, ficava tentando recuperar o que ainda restava dele pelas latas de lixo, aquele dia, aquele presente, aquele beijo, uma palavra amorosa, uma trepada bem dada. Morte sem enterro, luto sem morte. Ela não precisava nem ir ao fundo do lixo para saber, estava tudo ali, boiando na superfície, boiando, uma grande porcaria que ela tentava, insistia em salvar. E depois de andar, sem rumo e sem destino, depois de remexer em tanto lixo, de sentir o fedor de tantas coisas, de tentar salvar outras tantas, ela chegava em casa exausta. E louca pro dia acabar e não ter mais que falar e não ter mais que ouvir, não ter que sorrir, não ter que fingir; ela antecipava a noite, só pra poder parar de pensar e talvez sonhar, sonhar que ele ia voltar, pra tapar os buracos, perfumar a casa, ligar o som e talvez chamá-la para dançar um tango argentino. Mas ele não vinha não, e se fosse só isso, mas não, o dia passava e ele não vinha não, um dia e outro dia e ele não vinha não, e se fosse só isso, mas ele não vinha e também não ia, como uma praga, um veneno que não mata, um remédio que não dopa, ele ficava junto a ela, de manhã à noite, entrava no banheiro com ela, escovava os dentes com ela, tomava café com ela, falava ao telefone com ela, ouvia música com ela, saía com ela e voltava com ela, os passos pela casa, o perfume, estava tudo ali, sem estar, e mesmo quando ela já exausta deitava na cama e fechava os olhos, ele vinha, vinha imenso, vinha sem pedir licença, vinha que vinha, e deitava com ela, ocupando quase a cama toda, deixando ela ali, como tantas e tantas outras noites, sozinha, deprimida, desamparada e perdida. Ela chegava até a escutar a respiração alta e ofegante dele, que ela gostava bem de ouvir, embora o oposto não fosse verdadeiro, ele não gostava não, logo acordava e mandava ela respirar direito, que assim ele não conseguia dormir não. Talvez por isso ela tenha se acostumado a respirar baixinho, e ali, sozinha na cama, ficar num cantinho, ouvindo a respiração de quem nem estava ali. Desgraçado, desaventurado, vai embora daqui, suplicava ela exausta. Me deixe, me deixe, por favor, me deixe. Mas ele não ouvia não, e se ouvia, pouco se importava. Continuava ali, ocupando três quartos da cama, respirando bem alto que era pra não deixar ela esquecer que ele estava ali, mesmo sem estar, não deixando ela dormir, não deixando ela sonhar, não deixando ela.

Foi então que ela decidiu que tinha que mandar ele embora, fosse que fosse, por bem ou por mal, ia ter que apagá-lo da memória. Pegou todas as fotografias, todas, desde aquela primeira em que ele sorria pra ela, assim, com cara de enamorado, de quem tudo quer, tudo ama; pegou aquela fotografia, a primeira, depois passou por todas as outras, algumas já com rugas e cara amarrada, várias delas já com os meninos a tiracolo, ocupando os espaços que antes eram só deles, todas as fotos, pegou, uma a uma, e arrancou, uma a uma, as fotos dos álbuns, e rasgou, uma a uma, todas as fotos, rasgou. Numa, tirou os olhos dele; noutra, arrancou a boca; em outras, deixou ele sem braço e sem perna ou sem braço ou sem perna ou a cabeça para um lado e a perna pro outro, ou então rasgado ao meio, o lado direito pra lá, o lado esquerdo pra cá, ela foi rasgando, uma a uma, cortando ele inteirinho, dilacerando, violentando, violando. E depois de todas as fotografias bem rasgadas, com sobras de olho, cabeça, tronco, membros superiores e membros inferiores espalhadas por sobre a cama, ali despedaçado aquele homenzarrão inteiro, todo cortadinho, em pedaços bem pequeninininhos, um olho pra cá, um olho pra lá, mãozinha direita pra cá, mãozinha esquerda pra lá, bem pequenininho, ele, o homenzarrão todo, partido em mil pedacinhos, e depois de tudo bem assim, bem cortadinho, picotadinho, torturado, fragmentado, ela enfiou aqueles restos de papel num envelope, branco naturalmente, colou com todo o cuidado, como ele sempre exigia que ela fizesse, um envelope deve ser bem colado, dois centímetros exatos abaixo da borda, para que quando o destinatário abra encontre intacta a mensagem do seu interior, e após colado e bem colado, um envelope deve ser bem subscrito, palavra de que ele tanto gostava, tinha um quê de sofisticação no ar, subscrever um envelope era muito melhor que colocar o endereço no envelope, então, ela subscreveu o envelope, com todo o capricho e com todo o carinho, o nome dele completo, o endereço (completo) da firma, com rua, complemento, bairro e cep, e já colado e com destinatário subscrito, ela alisou o envelope, conferindo como ele sempre fazia, verificando se estava tudo completo, bem completo, a rua, o complemento, o bairro, o cep, a cidade e o estado — ah, faltava o estado, erre jota, ela preencheu, e achou melhor não colocar remetente, ia em mãos, e foi então que telefonou chamando o boy service, aquele mesmo que ele chamava para os serviços urgentes urgentíssimos da companhia. Até a campainha tocar, ela ficou ali, olhando o envelope e imaginando ele recebendo o envelope, como quem recebe uma correspondência importante, importantíssima, todo envelope ele gostava de abrir com cuidado, mesmo aqueles que com certeza não continham nada de importante, só uma lista de alguma concessionária, loja de moda, oficina de carro, disque-comida ou uma bobagem qualquer, mas para ele podia estar ali uma mensagem importante, uma oportunidade imperdível, um envelope branco é um envelope branco, exige respeito, toda a atenção, do primeiro ao último parágrafo, da primeira à última linha. E ela olhava o envelope e pensava nele parando a vida para abrir aquele envelope, ainda mais trazido pelo boy service, devia ser coisa muito importante, comunicação urgente, motivo para ele parar tudo e preparar o ritual, o ritual do recebimento, o ritual do destinatário: pegar a faquinha, passá-la assim na calça pra deixá-la mais afiadinha, pegar o envelope, colocá-lo de bruços sobre a superfície já limpa e lisa da mesa, e deslizar a faquinha levemente sobre o envelope, assim, de uma só vez, tendo o cuidado de não fraquejar, para que a linha de corte não escorregasse um milímetro sequer e a comunicação interna pudesse sair de forma impecável, sem um amassadinho, um rasguinho, um corte, tudo feito, naturalmente, depois de ele olhar o envelope na contraluz e poder observar à distância a natureza do material contido. E depois da análise, e depois da ação, tão complexa ação, feita milimetricamente como uma precisa cirurgia de nervos, ela pensou nos milhares de papeizinhos, olhos, bocas, troncos, membros superiores e membros inferiores, dele, o destinatário, voando por toda parte no escritório, espalhados por cima da mesa dele, o destinatário, por baixo da mesa dele, o destinatário, por cima das mesas dos outros, por baixo das pernas dos outros, tudo voando, olho, boca, membro superior, membro inferior, cabeça, ah, tudo voando, dele, o destinatário. Ah, dessa vez ele ia, ia ter que disfarçar, e agachar, justo ele que não gostava de agachar por nada, dessa vez ele ia, ia ter que se humilhar, ia ter que se agachar e pegar um a um, mil e um papeizinhos, pedacinhos dele mesmo, jogados, ali, sobre ele mesmo. Ela pensou, tudo voando, ela sorriu, tudo voando, ela assinou a nota, tudo voando, e mandou o boy seguir. Encomenda expressa, paga lá. É urgente, é confidencial, é muito importante. Ela sorriu e bateu a porta, imaginando o destinatário e o vôo dos papeizinhos, membros inferiores e superiores, cabeça, tronco e coração.

Ele telefonou. Gritava, gritava, como sempre gritava. Louca, louca. Só uma louca podia ter feito aquilo. Se era para chocá-lo, não tinha chocado não. Se era para magoá-lo, não tinha magoado não. Só tinha confirmado pra ele que ela era uma louca, louca, louca. Ela ouviu, ouviu, ouviu. Ele gritou, gritou, gritou. Quando ele parou de gritar, ela falou: parou? E desligou o telefone. Ele ligou de novo, ela não atendeu. Enfiou a cara no travesseiro e chorou. Chorou, chorou, chorou. Louca, louca, louca.

Depois não agüentou e pegou o telefone. Ligou pra ele: quem você pensa que é? Quem você pensa que é pra ficar me chamando de louca? Louco é você, que mente, que finge, que dá gritos e ataques se fazendo de anjo; louco é você, canalha, mentiroso, falso. Vai, me responde, eu preciso saber, desde quando você me trai, vai, me diz, com quem você me trai. Deixa de ser boba, isso não vai levar a nada, pra que você quer saber? Eu quero, eu preciso, saber, desde quando, desde como, eu quero, eu preciso, saber, como foi, quando foi, com quem foi, eu quero, eu preciso saber. Não vou te dizer, isso não te interessa, interessa sim, claro que interessa, se eu tô perguntando é porque interessa, me diga, por favor, me diga; não vou te dizer, não preciso te dizer, não quero te dizer, já não sou nada teu, por que tenho que te dizer, não tenho não, não quero não, e não digo não, e faz o seguinte, arranja um namorado, arranja um namorado. Arranja um namorado? Ela estava ouvindo bem? O safado, o canalha, o homem que ela tinha amado, amado loucamente, amado dos pés à cabeça, amado do café à ceia, do calor ao frio, aquele homem que ela tinha tão e tanto amado, tão bem amado, era aquele homem que estava mandando ela arranjar um namorado? Quando ela ouviu aquilo, assim, de um jeito tão frio, com a voz mais equilibrada do mundo, como quem diz toma uma aspirina, tem uma lâmpada, e aí, tudo bem?, quando ela ouviu aquilo, ela sentiu uma dor tão forte, um aperto tão forte, uma vontade de gritar, de dizer: não, não é possível que você esteja me falando isso, é você que está me falando isso? É você mesmo, o homem que eu amei, do calor ao frio, do café à ceia, é você mesmo? Sinceramente, lila, o que você quer que eu fale? O que acabou, acabou. Mas acabou tanto assim? Não sobrou nada: uma saudade, um ciúme, uma lembrança, uma mágoa? Acabou, acabou tudo. Não, não acabou não, porque acabou pra você, mas não acabou pra mim não, você ainda tá em mim, por todo o meu corpo, pela minha cabeça, você não sai de mim, você me perturba, me incomoda, me atrapalha. Arranja um namorado, você vai ver, você vai se sentir melhor, arranja um namorado. Você vai esperar quanto tempo, um ano, dois? A vida passa, arranja logo um namorado, você está bem. Você está bem? Era ele que dizia aquilo, como um estranho, você está bem, bem, maria, tudo bem, bem. Me escuta, eu tô falando numa boa, põe um ponto final, o que foi bom, foi, mas agora não existe mais, acabou, acabou, chega de drama, sai dessa. Só faltou ele dizer toma uma skol. Toma uma skol, aliás ele disse, arranja um namorado. Mas ela não queria skol nenhuma. Você não vai falar quem é? Quem é, quem é a loira? Vai, diz, quero ver se você é capaz, quem é que. Você insistiu, lila, eu queria evitar, é alice, assistente do doutor pierre, é alice. Pronto, era isso que você queria ouvir, não era? Não sei pra que, não sei por que, é alice, foi você quem pediu, lila, é alice, é alice, é alice. Três facadas no peito. A loira não era só uma loira. A loira tinha cabeça, tinha peito, tinha bunda. A loira era de carne e osso, tinha tudo, pensamento, desejo e vida. A loira tinha nome. E se chamava alice. Ai, alice. Lila não agüentou mais e desligou o telefone. Ai, alice.

No dia seguinte, só uma palavra batia na cabeça dela, alice, alice, alice. Ele tinha outra. Não foi um caso de um beijo só, não foi um caso de um bilhete só, não foi um caso de um encontro só. Era um caso, continuava sendo um caso, e pior, talvez continuasse a ser um caso, pra sempre um caso. Era alice. Ai, alice. Como seria alice? Que voz ela tinha? Que roupa usava? Como seria seu corpo? O que alice fazia que ela não fazia? O que alice era que ela não era? Quando foi que ela apareceu, o primeiro olhar, o primeiro beijo, o primeiro encontro, a primeira trepada. Ai, como doía. Três facadas no peito. Alice, alice, alice. Foi então que ela resolveu que ia ver a cara de alice, de qualquer jeito, a qualquer hora. Saiu de casa e foi pra casa dele. Se escondeu sob a marquise do prédio da frente, chovia, os pingos volta e meia caíam sobre sua cabeça, molhavam mais do que deviam. Lila tremia, sob a marquise na rua do ex-marido. Ali ela ficou, uma, duas, três horas. Lá pelas tantas, ele desceu. A loira vinha ao lado. Ela olhou bem, olhou mal, não conseguia olhar direito, mas olhou. O que ela viu foi uma mulher loira, uma mulher, loira. Era alice. Dali por diante o ódio dela foi crescendo e crescendo.

Procurou o advogado. Quero pensão, quero tudo a que tenho direito, tudo, tudinho, pra mim e pros meus filhos. Tudo. Não teve coragem de dizer por que tanta raiva, fingiu estar brigando pelos meninos, mas ela sabia que no fundo estava brigando mesmo era por alice. O advogado prometeu cuidar do caso. Ela saiu do encontro nada aliviada, entrou no mcdonald's, comprou uma batata frita, sentou e chorou. Acabou, acabou.

A vontade que tinha era de não fazer nada. Sair pra quê? Sair com quem? Nem os filhos interessavam, a vontade que tinha era só dormir, o dia inteirinho, a noite inteirinha. Quando maria disse que seu raul estava ao telefone, ela quis não atender, mas quis mais ainda atender. Quero pegar os meninos. Hoje não é seu dia. Quero levá-los ao jogo. Hoje não é seu dia. Deixa de bobagem. Todo dia é dia de bobagem, hoje não é o seu dia. Quer dizer que eu não posso, é vingança, é? É. É vingança, é. Hoje não é seu dia. Ele gritou e bateu o telefone na cara dela.

Os álbuns, ela já tinha destruído. Mas ainda bem, faltavam as cartas, milhares de cartas, os bilhetes, as caixas de mentex que ele lhe deu quando eles começaram a namorar, cada uma com um bilhetinho escrito por dentro do papel celofane. Você jura que vai me amar pra sempre?, ele perguntava numa delas. Pra sempre, meu amor, respondia na outra. Ela pegou as cartas, milhares de cartas, nosso amor é assim, nosso amor é assado, te amo, meu bem, você é quem sempre eu quis ter, meu amor, meu doce, você é tudo pra mim, eu te quero, sempre, você, pra sempre; ela pegou todas as cartas, as com data e as sem data, as escritas à mão e as datilografadas, milhares de cartas, juntou todas, todinhas, cartas pequenas, cartas longas, cartas escritas durante o namoro — eram muitas —, depois de casados — eram menos —, todas as cartas, colocou uma sobre a outra, eram muitas, as cartas; e depois de todas as cartas amontoadas, umas sobre as outras, você, meu amor, quero, beijo, desejo, tudo, meu, sempre, quero, e todas as palavras ali, jogadas umas sobre as outras, sem muita variação porque o amor é mesmo pobre de léxico, é sempre igual, te amo, te adoro, te quero, meu amor, todas as cartas, juntas, pareciam uma imensa declaração de amor, com os garranchos, que ela conhecia tão bem, como ninguém, o erre com a perna pra baixo, o bê um pouco tortinho, o quê feito de imprensa, aquela letra que já era quase a dela, de tanto que ela conhecia, garranchos que não eram só letras, eram sentimentos, e ela pegou tudo aquilo, por fora letra, por dentro história, por fora letra, por dentro sentimento, e pegou o te quero, quero, te, amor meu, o erre quebrado, o ene caído, o esse que parecia zê, como o gê que parecia jota, ela juntou tudo e pegou o fósforo, um fósforo comum, daqueles bem comuns, e acendeu fogo e tacou fogo em todas as cartas, em todas as palavras, você, amor, desejo, quero, em todas as letras, em todos os garranchos, e todas as palavras e letras e cartas se queimaram nuas e cruas no banheiro. O fogo ardeu vermelho, e ela não teve nenhuma vontade de apagá-lo, vai, amor, desejo, pra sempre, quero, língua, beijo, vai tudo, vira tudo cinza, vai, vai embora, o amor que não é, o tempo que existiu e não existe mais, o sentimento que passou, queima tudo, garrancho, letra, palavra, carta, declaração de amor. E o fogo queimou mesmo, queimou tudo, ali mesmo, esquentando ela no banheiro frio, e na lata de lixo sobraram as cinzas e, sob as cinzas, o desejo, o beijo, você, meu amor, pra sempre, juntos, nós, as crianças, é bonito, eu gosto. No princípio era o verbo, depois o amor, e agora, a cinza na lata de lixo. Pó, voltaste ao pó.

No outro dia, não satisfeita, ela resolveu catar o que ainda havia dele pela casa. Uma toalhinha presente da mãe; uns cedês antigos, um porta-cedê que ela tinha comprado para as crianças darem ao pai de aniversário; um livro didático que ele teimava em guardar por todos esses anos — um dia as crianças hão de usar, ah, hão; uma abotoadura do avô, preciosidade, coisa velha e fora de moda que ele nunca usou, nem jamais usaria; um cortador de unhas — ah, pelo menos disso ela estava livre, daquele maldito cortador de unhas, e do barulhinho insuportável da unha sendo cortada, créqui, créqui, unha voando e ele pegando, unha a unha, as unhas, então levadas a uma folha de papel branco e depois cuidadosamente embrulhadas, fechadas, quase etiquetadas e jogadas — créqui, créqui — no cesto de lixo da cozinha, quando não diretamente na lixeira do edifício, porque unha é coisa anti-higiênica, não se joga nem pela janela, cansava ele de repetir aos meninos; pois, agora, ele que fosse cortar todas aquelas unhas — quadradas — na cara da outra; ufa, da sessão créqui, créqui ela estava livre, créqui, créqui, que se ele achava anti-higiênico, ela, confessa, achava nojento, nojentíssimo, e pelo menos essa vantagem a separação tinha lhe dado: ela estava livre, definitivamente livre, livre das unhas voando, livre das unhas sobre a superfície da folha de papel, do barulho das unhas, créqui, créqui, sendo cortadas com aquele cortador vermelho suíço, créqui, créqui, que ele metodicamente guardava escondido na gaveta de cuecas, justo na gaveta de cuecas, e logo entre as cuecas, que era para nenhum dos três meninos achar, e mais que achar, nenhum dos três meninos se atrever a cortar as suas próprias unhas com o cortador que era só para as suas unhas, pois agora ela estava livre e livre também da mania de ele tirar com pinça, com a pinça dela naturalmente, os longos fios que apareciam nas narinas dele, ai, que nojo, ai, que nojo ela sentia quando via aquilo refletido no espelho do banheiro, ele com o queixo levemente arcado para que pudesse visualizar melhor, no interior dos canais, os fios longos, que, pra piorar tudo, remetiam ela ao nariz do avô dele, cheio de fios, longos fios, e, se a lei da hereditariedade existia e ela achava que sim, bastava olhar os três meninos — o maior com a testa do pai, o do meio com a boca do pai, o menor com o queixo do pai, um dia o nariz dele certamente ia ficar cheio dos fios longos do nariz do seu amaro, todos para fora, expostos ao ar e ao vento, ai, que coisa mais anti-higiênica, que coisa nojenta, ah, pelo menos disso ela estaria livre, dos fios das narinas arrancados com a sua pinça, a sua estimada estimadíssima pinça dourada, a francesa, de mais de dez anos, que depois da sessão fios da narina ela sempre desinfetava com algodão e álcool, e mesmo depois de desinfetar, com algodão e álcool, ainda sentia uma certa aflição, e agora ela estava livre, das unhas e dos fios, e livre das unhas e dos fios, ela até que se sentiu aliviada, tão aliviada que jogou no saco azul a pinça dourada parisiense, que ficasse com ele, que ainda lhe arrancasse uma centena de fios longos da narina. No fundo do armário, lila achou ainda um chicote, que um dia ele comprou sei lá pra que, que de montar a cavalo ele nunca gostou e de sexo violento, perversão ou qualquer coisa parecida menos ainda, pelo menos com ela, será que fazia com a outra?, pensou ela rapidamente, mas se comprou pra fazer, nunca fez, o chicote ainda tinha a ponta enrolada e amarrada, logo, gastou dinheiro à toa, e ela bem sabia o ódio que ele sentia quando gastava dinheiro à toa, e assim, como quem joga dinheiro fora, jogou ela o chicote no saco azul de lixo já cheio do lixo dele. Jogou ainda a raquete de tênis francesa do tempo que ele jogava tênis e as três bolinhas amarelinhas ainda guardadinhas em seus saquinhos, limpinhas, limpinhas, como se nunca tivessem sido arremessadas ao muro, ploc, ploc, como ele fazia às segundas, quartas e sextas, ploc, ploc, ploc, duas horas de paredão, para adquirir firmeza, que só depois de firmeza poderia ele enfrentar um adversário, step by step, e ela pegou uma bolinha amarela, e trec, lixo; outra bolinha, trec, step by step, a terceira, ela arremessou contra a parede, e depois jogou no pátio do prédio e viu a bolinha ir quicando, um, dois, três pulinhos bem altos, depois quatro, cinco, seis pulinhos até deslizar pela garagem e parar sobre um canto, a bolinha amarelinha, novinha, ali, dando sopa na garagem do prédio, ai, que desperdício, que absurdo. Olhou mais uma vez no fundo do armário milimetricamente arrumado, cheio de coisas em vão que ele fazia questão de guardar, e foi recolhendo tudo, o que prestava e o que não prestava, o que tinha importância e o que não tinha a menor importância, ela foi recolhendo tudo, como catador de lixo na praia, e depois de todas as iguarias reunidas, colocou-as no saco de cem litros de lixo, tudo ali, junto, coisas que não tinham nada em comum, nenhum ponto de interseção, conjunto vazio, pois era vazio aquele conjunto ali mesmo, reunido dentro do saco transparente, bem grande e bem fundo, saco de lixo bem feio, daqueles quase cinza, que cheiram mesmo vazios a comida podre, restos de comida velha, pois ali, ali estava da raquete de tênis francesa às garrafas de bebida, todas intactas, que ele bebia só nas festas, socialmente é preciso, ele dizia, em casa só água mineral, de preferência gasosa, e mesmo nas noites fora de casa quando ela, disposta a variar, pedia alguma coisa diferente, uma caipirinha com vodka, por exemplo, aí mesmo é que ele fazia questão de pedir uma água mineral, e sem gás. Ah, como era chato esse meu marido, pensou. Como podia ela ter se apaixonado tanto tempo por esse homem tão chato, tão insuportavelmente chato? Chato, era chato ele, simplesmente chato. E ela perdoava a chatice, porque o amor valia, ah, o amor, que como vem, vai, e ela pegou todos os presentes recentes que ele lhe deu, que não eram muitos, mas alguns, uma blusinha amarelinha sem graça, uma água-de-colônia comprada em algum aeroporto vagabundo do interior do brasil, um perfume francês de importadora, não de marca, que marca era desperdício, ai, que absurdo, um cedê do cantor logicamente preferido dele, e, mais alguma coisa? No armário não havia mais nada. Ela tirou tudo e jogou tudo no saco de lixo.

Abriu então as gavetas e pegou a aliança, dela, guardada ali desde o dia do bilhete, das vinte palavras, e da palavra dita por ele, louca, a última palavra. De imediato ela teve vontade de jogar também no saco de lixo cinza, caída entre aquela porqueira toda, mas depois recuou, quase a colocou no dedo, assim, rapidamente, só pra sentir um ligeiro prazer, dar um pequeno gozo ao dedo que vinha sofrendo da abstinência da aliança esses dias todos, dedo que já estava acostumado a sentir o peso do metal, e a ter o outro dedo volta e meia lhe fazendo coceirinhas, procurando aquilo que o envolvia feito coberta, dia e noite, vinte e quatro horas, e agora o dedo estava nu, descoberto, sem a coceirinha a que tinha se acostumado, passatempo calmante, é, se até o dedo sentia falta da aliança, imagina ela, que falta fazia ele. Mas mesmo assim, mesmo sentindo a falta da aliança no dedo, mesmo sentindo a falta dele, muita falta, ela achou melhor não colocar de novo a aliança, nem que fosse por um instantinho só, só para dar uma trégua, que vai que o cacoete voltava e aí as coisas podiam ficar piores, e então, ela pegou a aliança, olhou, e leu, o nome dele e a data do casamento, e teve vontade de levar a aliança à loja e mandar inscrever ali também a data do fim do casamento, pra que ficasse tudo registrado ali, sobre o ouro, os quilates, que tudo que entra, sai; que tudo que começa, acaba; que todo encontro é também despedida. Não, a aliança ela ia guardar, fosse o que fosse, pensasse ela o que quisesse, aliança que ela nunca mais ia pôr no dedo, dinheiro jogado fora, da aliança ela não ia se desfazer, ia ficar ali, a única coisa — coisa, porque havia os meninos — comum entre eles, promessa de amor, na saúde e na doença, na alegria e na tristeza, prometo, prometo; das promessas cumpridas, só não rompeu a aliança, ali, intacta, círculo perfeito. Livre do saco do lixo, guardada na caixinha de jóias na gaveta do armário trancada a chave.

Trocou todos os móveis de lugar, o sofá para o lugar da poltrona; a poltrona para o lugar do sofá; arrancou fora a cortina, pintou a parede, tirou o tapete, clareou o piso, comprou flor, trocou o cinzeiro, virou e revirou a casa. Sai pra lá, homem; sai daqui, homem. De novo, mãe? De novo, menino, por que não? Mais uma vez, dona lila? Mais uma vez, maria, até eu achar bom, até eu achar que essa casa não tem mais nada a ver com a outra casa. Mas é a mesma casa, dona lila. Mas não vai ser, não vai ser. E virava pra lá e virava pra cá, e nada de a casa mudar. Mas assim pelo menos os dias iam passando, os dias e as noites, que era de noite que ela gostava mais de virar os móveis, sozinha, virava e revirava, e virando e revirando as coisas, os móveis, os sofás e as poltronas, ela virava e revirava menos os pensamentos.

Volta e meia, ele ligava querendo falar com os meninos. Ela não atendia, mas ouvia quietinha da extensão o que ele falava, era um jeito de matar um pouco a saudade, ouvir sua voz, às vezes tão seca, às vezes levemente doce, ouvir ele falar alô, alô, alô, chamar os meninos, falar o nome dos meninos, como se aquilo tudo — nada, aliás, fosse algo de muito, os nomes, um nome é um nome, que se repete a cada esquina, milhares de nomes, iguais, às vezes uma leve diferença na grafia, esse ou zê, com ou sem acento, um nome é só um nome, mas como tudo, um nome pode ser tudo, os nomes dos meninos eram tudo, era o dia em que ela soube que estava grávida, era o papel do laboratório, era a espera, o cheiro de bebê nas roupinhas da cômoda, era a contração, a aflição dele, a ida para o hospital sempre no meio da noite, ela se lembrava, ele nervoso tirando o carro da garagem, tenha uma boa hora, dona lila, dizia o porteiro, ela no carro, os nomes, os nomes eram a hora do parto, o cheiro da sala do parto, a cara do médico com aquele pano na boca, como é mesmo o nome, não, não é avental, era aquilo, aquilo, o nome, o nome é tudo, aquele passeio de maca pelo hospital, abismo, o que vai ser, e ela não via a mãe que lhe dizia: minha filha, não perca o controle, controle quando se perde não se acha; ela não via nada, não via as amigas, vai dar tudo certo, não via o filho que já existia, não via a enfermeira, só via ele, ele, ele, a noite em que o filho foi feito, ela gostava de saber qual era, pra tentar medir o amor que o filho tinha merecido, feito com pouco ou muito tesão, rapidamente ou lentamente, que noite tinha sido aquela que tinha gerado um filho, com ou sem lua, chovia?, como se tentasse descobrir da medida o resultado, a ordem dos fatores não altera o produto, mas ela achava que alterava sim, teimava que alterava, olhava a agenda tentando se lembrar do dia, da noite, do último gemido, dos três orgasmos que tinham dado três filhos, os três filhos deles, os nomes, e ela ali sentindo a maior emoção em ouvir o homem, o pai de tudo, o criador, falar os nomes, como se os nomes contivessem a vida, a vida deles, e os nomes continham, só não tinham mais ele, mas mesmo assim ela gostava de ouvir a voz, sentir a respiração dele, o criador, o pai de tudo, o homem, a entonação, a pausa, a flexão. Maria, os meninos estão aí?, perguntava ele como sempre perguntava, como se nada tivesse mudado, como se fosse ele o mesmo, igual ao que vivia naquela casa, como se nunca tivesse saído daquela casa. Aliás, ela achava mesmo que todos eram os mesmos, às vezes ela sentia que só ela não era a mesma, só ela tinha ido à guerra, só ela tinha visto disco voador, só ela tinha sentido o vendaval, só ela tinha ido ao fundo do poço; ido, estado, estado, ido. Oi, pai. Tudo bem, filho? Falavam eles no mundo real, que ela via de fora, via como alguém que vê mas não vive, o mundo dela era outro, e ela via ele falar como sempre falava, a mesma frase, tudo bem, filho, a mesma entonação, que era difícil acreditar que o tempo tinha passado, que a poltrona já não estava no lugar de sempre; a parede era vermelha; o armário, vazio; a pinça francesa no saco de lixo e a cama tinha três quartos vazios; ele falava como sempre falava, parecia que nada tinha acontecido, ele estava no escritório, como tantos outros dias de tantos outros anos, e de repente se lembrava de algum comentário para fazer com algum dos três meninos, e telefonava, e chamava o filho e contava alguma coisa corriqueira ou fazia uma pergunta ou fazia um convite, ou os dois — vamos ao maracanã sábado? —, e logo que ouvia a resposta, que sempre era sim, resposta que ele já sabia de antemão, logo ele desligava que o dia do trabalho era cheio e não sobrava tempo para bate-papos ao telefone, nem com os filhos. E ela sempre tinha raiva quando ele falava com os meninos e não falava com ela, como se os meninos tivessem mais importância que ela, como se ela não tivesse absoluta e total importância, diferentemente dela, que só ele tinha no fundo importância pra ela, era ele, depois os meninos; achassem o que achassem, a escolha de sofia pra ela era ele, ele, sem ele ela não vivia, e todo telefonema que ele dava para falar com os meninos, com um, com os dois ou com os três, ele tinha também que falar com ela, a origem, a mãe, a mulher, e assim ele depois se acostumou, no fim de cada telefonema, chama sua mãe, quando então ela se sentia importante, mesmo que atendesse sem muita vontade, como se tivesse outras coisas pra fazer, mas ela sabia, nada era tão importante quanto falar com ele no meio do seu dia de trabalho, ela o imaginava, sentado na poltrona da sua espaçosa sala, falando com ela, como se nada mais tivesse importância, os números, a pauta, a agenda do dia, ali era só ela, a família, a mulher, os filhos, e agora ele falava com os filhos e não falava com ela, e era ele, raul, o mesmo raul, por um instante ela foi jogada a meses atrás, a anos atrás, por um instante, ela quis pegar o telefone e falar, e dizer: fala comigo, fala comigo, fala comigo, por favor, fala comigo; e falar da saudade que sentia, e dizer que, embora ele tivesse ido embora, ele estava ali, ele continuava ali, ali, ali, na poltrona fora de lugar, no quadro retirado, no armário vazio, ela pensou em dizer tudo, em confessar tudo, a raiva, a saudade, o ódio, o amor, quem sabe ela poderia perdoá-lo, perdoá-lo por tudo, só para tê-lo de volta, pra mim basta um dia, mas logo o filho a despertou do sonho, quando entrou no quarto e a viu com o telefone agarrado à orelha, e as lágrimas desciam como quem ouve a pior notícia do mundo, e naquele instante a pior notícia do mundo era a emoção que a voz dele ainda causava nela. Mãe? Mãe? Ela descolou o telefone, diga, filho; mãe, posso ir com meu pai? Onde, filho? Você sabe, mãe, você ouviu. Não ouvi, não, filho. E o telefone? Tá aqui, mas não sei, ouvi, mas não ouvi, ouvi seu pai, mas não sei o que ele disse, o que foi mesmo que ele disse? Posso ir? Pode, vai. Seus irmãos vão também? Vão. A gente volta segunda. Pela primeira vez eles foram e ela ficou só. Ela ficou; ela, a poltrona, o armário vazio, a voz no telefone. E ele.

Ele também ficou. Ele insistia em ficar na cabeça dela, ocupando todos os seus pensamentos, sentimentos e desejos. De noite, ele ficava ainda mais forte, o perfume na fronha, o corpo no lado esquerdo da cama, lado que ele sempre preferiu, desde a noite da lua-de-mel até a última noite; mesmo quando eles deitavam fora da cama, no chão, no sofá, na rede, fosse para o que fosse, era do lado esquerdo que ele ficava. Naquela noite, ele não a deixava dormir. Entrava por ela, formigava seu corpo, enlouquecia-a de desejo. Ela virava pra um lado e virava pra outro, tentava não pensar, nele pelo menos, podia pensar em qualquer outra coisa, em qualquer outro homem, no primeiro namorado — mas tinha sido ele; no primeiro amor — tinha sido também ele; no primeiro homem — era ele. E como tudo era ele e não havia como negá-lo, ela, cansada de recusá-lo, fechava os olhos e o deixava vir, e ele vinha, e sem qualquer cerimônia, tirava primeiro os sapatos e as meias, apagava a luz, tirava a calça, a cueca, a camisa, e ficava ali, de frente pra ela, e ela o via ali, em pé, nu, completamente nu, aquele homem todo, grande, massa de homem, aquele corpo todo, esbanjando sexo, recostado na janela, olhando pra ela, pedindo a ela que gemesse, que dissesse palavras de amor, que mordesse os lábios, que passasse a língua por entre os lábios enquanto ele dizia também para ela palavras de amor, enquanto ele também para ela passava a língua entre os lábios, abria a boca, gemia, e dizia o quanto gostava do corpo dela, era bonito, macio, bonito, o corpo dela, seus peitos, sua boca, sua perna, gostosa, você é, suas coxas, muito, ela mordia a boca pensando nele falando aquelas palavras baratas, pornográficas, erotismo vulgar, mas ela gostava, ah, como gostava, ele nu, completamente nu, despudoradamente nu, e ela gemia como ele gemia, imaginando o corpo dele, o ângulo de noventa graus, era perfeito o ângulo de noventa graus que o corpo do homem fazia, michelangelo esculpido ao vivo, era assim que ela o via, como uma peça de museu, posta, ali, só para os olhos dela admirarem. Ela gemia pensando nele, nu, sexy, sexy, sexy, ela gemia, gemia, gemia, até gozar. E quando gozava, exausta — era difícil gozar sem ele, e quando era obrigada a gozar sem ele, exausta, àquele gozo solitário se seguia imediatamente um vazio, a intensa solidão, e o prazer acabava num instante, e sozinha, com tudo acabado, ela sentia raiva, muita raiva — dele; e mais que raiva, muita raiva — dele; ela sentia raiva, muita raiva — dela, ali, pensando nele, gemendo por ele, gozando por ele, solitariamente pensando, gemendo e gozando por um homem que já não pensava, não gemia e não gozava por ela.

Foi então que ela resolveu tirá-lo do corpo. Tinha, tinha que sair. Começou a correr. Cem metros. Duzentos. Quinhentos. Cada dia um pouco mais. Um, dois quilômetros. Cada dia mais tempo. Duas, três horas. De manhã, à tarde, à noite, corria. Enquanto corria, não pensava, não, quer dizer, às vezes pensava, nele. Passava por ela o tempo em que ficaram juntos, uma ou outra viagem, enquanto corria, a tela preta e a imagem inesquecível, alice, ai, alice, o beijo que ela viu e os beijos que ela não viu, certamente piores, ou melhores, tudo depende do ponto de vista, passando, a voz fria dele, os gritos, os abraços e beijos, as palavras não ditas e as ditas na hora errada, passando, os relógios ainda nas embalagens de presente, os filmes sempre escolhidos por ele, os raros programas com final feliz, passando, a voz dele, a aliança, o bilhete de vinte palavras, vinte palavras, o primeiro encontro, o primeiro beijo, a primeira trepada, passando, os filhos, os partos, as festas, as brigas iam, quanto mais ela corria, mais as coisas todas iam passando, todas as coisas, o vento, a lagoa, o céu, ele, ela, o corpo dele, antes, hoje, ela, passando, as coisas, iam. Todo dia, toda hora, cada vez mais, mais, as coisas ficando pra trás, a raiva, a mágoa, o amor, o ódio, um pouquinho pra trás, a saudade, a vontade de ver, a lembrança, muito pra trás, ele, como era mesmo o pé dele?, passando, e quanto mais o fôlego dela ia crescendo, mais tudo ia ficando pra trás, passando, mais pra trás, as coisas, as pessoas, os fatos, os sentimentos, o passado, lá atrás, do outro lado da lagoa, tudo ia ficando, ficando, cada vez mais, pra trás, até ficar, completamente, ou quase completamente, pra trás.

Sim, o protagonista quis sair da história, porque quis ou porque quiseram, e ele foi assim, saindo, saindo, sem pedir licença, saindo mesmo, na porrada, empurrando um, empurrando outro, não importa, ele foi saindo, e acabou de fora, bem que a taróloga avisou a lila, um dia ele sai, e pronto, ele saiu. Agora ele está fora, e sem protagonista, fica difícil prosseguir. Protagonistas em geral não aparecem no meio da história, protagonistas em geral não largam a história antes do fim. Como continuar? Poderia descobrir outro motivo, outro protagonista para a história prosseguir. Não sei se quero, esse protagonista esgotou-me por todos os cantos, ele tirou toda a minha energia, minha vida, minha alma, ele ocupou-me todos os dias, mesmo nos dias em que eu tomada por ele não consegui escrever uma linha sequer; esse protagonista arrancou minha pele, me fez feridas, sangrou minha gengiva, ele me tornou mais sentimental e fez minha vida ainda mais dramática, como um filme de saura. Esse protagonista me consumiu além do prazo de validade, pensei nele todos os dias, acordei com ele, dormi com ele; esse protagonista me jogou na lama, me embriagou, me fez mendiga, miserável de mim mesma. Me fez rezar, me fez suplicar; por ele, fiz promessas que jamais cumpriria, ele me levou ao confessionário, me fez reatar com deus, me deu a comunhão dos santos. Por ele, me expus a todas as minhas amigas, aos meus irmãos, a meus chefes e meus inimigos; esse protagonista me fez de tudo, me fez falar todas as verdades e todas as mentiras, me fez gritar, me fez sussurrar, despedaçou minha alma; me arrancou os cabelos, me fez dez quilos mais magra, hoje sou ruiva, uso franjas e tenho uma tatuagem no peito, como as loucas hippies que eu sempre quis ser e nunca tive coragem. Esse protagonista me pôs de quatro, por ele gozei na calada da noite, por ele derramei todas as minhas lágrimas, rasguei minhas roupas, estraçalhei fotos e álbuns, lembranças, ouvi cem vezes a mesma música na vitrola — a nossa música não toca mais no rádio, meu bem —, esvaziei os armários, pintei as paredes. Fiz terapia, falei de minha mãe e de meu pai, fui à ioga, por esse protagonista, enfrentei todas as maratonas. Fui ao céu e ao inferno, amei e odiei, tentei todos os contrastes, o preto no branco e o branco no preto, fui drama e comédia, e agora, confesso, estou completamente exausta. Para chegar ao fim, se é que existe fim, não quero mais saber dele, não quero mais ouvir sua voz, sua letra não me comove, seu corpo não me seduz, não, definitivamente, esse protagonista não me interessa mais. E a culpa, se é que existe culpa, é dele. Ele, ele e só ele. Foi ele que me exauriu até o último instante, me fazendo preencher tantas páginas e depois me obrigando a deixar outras tantas em branco, foi ele que me fez pensar em tanta coisa e de um minuto para outro simplesmente não conseguir pensar em mais nada. Ele, ele, ele. Que culpa tenho eu se esse protagonista resolveu fazer outras histórias, e sair da nossa, ou fomos nós que, exaustos, o tiramos de nossa história? Não vou mais pensar nisso, já disse e repito, esse protagonista já me roubou quase todas as idéias, já carregou minha inspiração, violou minha emoção, violou, sim; como um estupro, eu abri as pernas e ele me penetrou, sem pedir licença, fez o sexo que quis e como quis e fez da história também o que quis, como bem quis, agora chega, não posso mais continuar alimentando-o, movendo-o pra lá e pra cá, como quem move um boneco de marionete, escondido atrás do pano, como se o boneco se movesse sozinho e fosse o único responsável pelos risos e aplausos da platéia. Já foram páginas e páginas, linhas e linhas, palavras e palavras, mais de cem mil caracteres, esse protagonista carregou tudo, e eu preciso recuperar às pressas o que ele me levou, ele me deixou a casa e a alma vazia, preciso encher a cozinha e alimentar o espírito, e logo escrever outras linhas, criar outras histórias e trazer de volta tudo o que era meu e que ele me surrupiou: meus pensamentos, sentimentos, desejos e, mais que tudo isso, meus prazeres, que esse protagonista, maldito, embrulhou para viagem e carregou, como se fossem dele. Agora, vou ter que buscar tudo de volta, custe o que custar, por isso, tirarei o protagonista de vez desta história, correrei todos os riscos; a esse protagonista já dei um livro, não vou lhe dar minha vida.

Lila se olhou no espelho. A insustentável leveza do ser. Era assim que ela queria se ver, era esse o título que ela queria ter para a sua história. Pensou em juliette binochet nadando na piscina azul, limpinha, sob o olhar do homem; essa imagem, ela nunca mais esqueceu; quisera ela também estar ali, deslizando sob a água, suavemente, sob o olhar do seu homem. Talvez trocasse insustentável por suave, fascinante, ou por outro adjetivo qualquer, qualquer coisa mais leve, mais sedutora, mais delicada. No rosto do espelho, lila tentava apagar todas as marcas. Traçava linhas suaves, sombreava com traços leves os cantos dos olhos, esfumaçava as pálpebras, restaurava o brilho perdido da pele, conforme diziam as instruções do livro de maquiagem. Pela primeira vez, ela se maquiava com prazer. Há quanto tempo não tinha um encontro; há quanto tempo não se preparava para um encontro. A campainha tocou, ela retocou os lábios, conferiu os dentes, mordeu a boca e passou um pouco mais de perfume no pescoço, queria espalhar seu cheiro por toda a casa. Há quanto tempo ela não esperava esse encontro. A campainha novamente tocou e ela foi atender.

Raul entrou. Era ele, sim, era ele, mais uma vez, talvez pela última vez, quem há de saber qual é a última vez, a última vez que se vê alguém, a última vez que se ama alguém, o último beijo, a última vez, o último adeus, quem há de saber, a última vez? Bem que ele podia tê-la avisado: escuta, essa é a última vez, a última vez que eu vou dizer que te amo, a última vez que eu vou olhar pra você, a última vez que vou desejar você, esta é a última vez, aproveita bem, a última, a última vez que fazemos amor, a última vez que eu te vejo nua e que você me vê nu, a última vez que eu penetro você, a última vez que gozamos, que comemos juntos, que falamos ao telefone como marido e mulher, a última vez, a última vez que fico aqui ao seu lado, a última noite, aproveita bem, a última vez, mas ele não avisou, talvez porque não soubesse que a última vez fosse a última vez, ou porque achasse que não precisava avisar, ou ainda porque se esqueceu, simplesmente, de avisar, como tantas outras vezes se esqueceu, de dar parabéns, de dizer tiau, se esqueceu, simplesmente, de comprar o presente, de fazer o elogio, de telefonar, de pegar a torta, se esqueceu, o certo é que ela, sem aviso, se perdeu, e para se achar de novo, precisou de mais uma vez, dessa vez a sua última vez, definitivamente, a última vez. À última vez, ele entrou e sentou.

Ficou bonita a casa, e a poltrona? Coloquei no quarto. Os meninos? Saíram. E maria? Também saiu. Estavam portanto os dois ali, sozinhos, ele, ela; ela, ele. Aflito, ele foi logo perguntando: algum problema? Ela sorriu, pensou que ele continuava o mesmo, sempre à procura dos problemas, nada como os problemas, problemas eram reais, objetivos, tratáveis. Ela sorriu e respondeu: nenhum problema, nada para você resolver, nada para você cortar da sua agenda, simplesmente, eu queria te ver, precisava te ver, olhar pra você, ver você, tua mão, teu cabelo, teu pé, pela última vez. Que isso?, respondeu ele perplexo. Pela última vez, tira o sapato, deixa eu ver o teu pé, pela última vez. Pé? Que importância tem isso, lila, um pé? Pra mim tem, deixa eu ver, pela última vez. E como ele não se moveu, ela abaixou-se aos pés dele, desamarrou seus sapatos, tirou as meias e viu, os pés dele, ali, os dedos brancos e gélidos, sobre o tapete da sala; eram feios os dedos dele, o dedinho torto caindo para a direita, ela observou, e sorriu. E ele, como se estivesse nu diante dela, com os pés brancos e gélidos, ali, sobre o tapete expostos, não suportou e foi logo colocando as meias, depois os sapatos, e deu os nós, nós bem firmes e bem amarrados para que ninguém mais tivesse a idéia, infeliz idéia, de desatá-los. Lila sorriu mais uma vez, ela sabia que o tinha desconcertado, talvez fosse isso mesmo que no fundo ela quisesse; deixá-lo absolutamente constrangido, absurdamente constrangido, ela sabia, ficar descalço para ele era quebra de protocolo quase insuportável, ainda mais assim, ali, aquele dia, e então, antes que ele se recuperasse do susto e retomasse o fôlego e a vida normal de cada dia, ela olhou pra ele, como quem não sabe de nada, não conhece nada do outro, olhou como quem olha pra uma criança que acaba de nascer, cheia de curiosidade, e perguntou: como vai você? Simples, três palavras: como, vai, você, e no entanto três palavras e uma só pergunta para a qual cabem infinitas respostas, de uma só palavra — bem, por exemplo — ou de mil palavras, tudo depende de quem pergunta e de quem responde, e como era ela que perguntava, ela fez questão de repetir a pergunta, apenas três palavras, a pergunta que ela desejava fazer há muito tempo, e que agora fazia ali, na sala em que um dia eles viram tevê, na sala em que um dia eles brigaram, conversaram, treparam e romperam, ali, num ambiente tão conhecido e nesse dia tão estranho, ele, ela, como vai você? Ela só queria saber e ele tinha a chance de só responder, do jeito que quisesse, com uma ou com mil palavras, e ele respondeu, sim, resposta longa que resposta curta ele não sabia dar, disso ela sabia. Ele respondeu, abre aspas, estou bem, estou muito bem, estou morando na casa de alice, estamos morando lá até que eu consiga um apartamento maior, pretendo ter filhos, não por mim, os meninos já me bastam, mas por ela, alice quer ter filhos, é um direito dela, reticências, sem fechar aspas porque ele não parava de falar, e falava de alice como quem fala de maria, joana, pedro ou isabel a outra maria, joana, pedro ou isabel, e como ela não era maria, joana, pedro ou isabel, mas lila, e como alice também não era maria, joana, pedro ou isabel, mas era a outra, ela decidiu que aquele papo ali era como notícia chata de jornal chato, não terminava nunca, e como ela já tinha ouvido muita notícia chata de jornal chato, ela decidiu que não ia mais ouvir notícia chata nenhuma, e fez então a segunda pergunta que ela também já queria fazer há muito tempo: e nós dois, o que ficou de nós dois? A gente, como assim, a gente, você ainda tá pensando na gente?, respondeu ele. Ela balançou a cabeça, e ele provavelmente deve ter entendido que sim, se é que ele reparou que ela balançou a cabeça, e tanto acreditou que sim, mesmo sem comparar, que foi logo repetindo, muda, lila, muda, é melhor pra você. E ela que já tinha ouvido aquilo, muda muda, uma infinidade de vezes, tudo o que ele falava era exatamente igual a tudo que ele já tinha um dia falado, a mesma voz, os mesmos erres, as mesmas palavras, os mesmos esses, era exatamente o mesmo homem, nada tinha mudado, ela foi ouvindo e foi olhando, como quem vê um objeto na vitrine, compro ou não compro, e ela foi vendo, as unhas quadradas, créqui, créqui, os longos fios da narina — onde andaria a pinça francesa, será que alice também a usava para tirar sua sobrancelha ou pêlos no peito?, viu a camisa desabotoada, sempre os dois primeiros botões, como mandavam os manuais, e ela foi olhando, como quem olha uma paisagem que passa, um boi que fica pra trás, um homem de chapéu vermelho, o menino jogando bola, a pipa, e ela foi pensando na estrada, em quem vai ficando pra trás, e foi olhando, ele falando, falando das coisas, do trabalho, dos negócios, uma coisa atrás da outra, como se todas as coisas fossem iguais, como se todas as coisas fossem coisas que precisassem ser ditas, um monte de besteiras, mas ele insistia em dizê-las, como se fossem coisas sérias, seríssimas, as coisas, ela foi ouvindo, foi ouvindo, aquele homem que já tinha sido tanta coisa pra ela, agora ali, só falando, e ela olhando ele ali, como se entre eles houvesse uma porta que às vezes abria, às vezes fechava, às vezes, ela estava ali, perto dele, ouvindo o que ele dizia, às vezes, ela estava do outro lado, longe dele, e ele ia sumindo entre a neblina, numa estação de trem de algum filme que provavelmente eles tinham visto juntos, ele entrava no vagão, ela ficava do lado de fora, em pé, dando adeus, com luvas, era um adeus cinematográfico, ensaiado em takes e mais takes, estudado, o trem apitava, ela dava adeus, talvez uma lágrima rolasse, nas despedidas quanto mais lágrimas melhor, era chegada a hora, o trem então dava o sinal da partida, ela ficava de pé, dando adeus, cinematograficamente, ela olhava pra ele, e ele continuava falando, ela ouvindo, fingindo, o trem apitava forte, o trem precisava partir, ela dava adeus, ele queria ainda falar mais, algumas palavrinhas, espere maquinista, algumas coisinhas mais, eu, a vida, alice, você, louca, ela não ouvia bem, agora o apito estava mais forte, o trem já partia, mas mesmo assim ela ainda o via ao longe, a boca dele se mexendo, ele insistia, continuava falando, um segundo, maquinista, mas ela não precisava mais fingir que ouvia, graças a deus, não queria mais os números, não queria mais os casos, não queria mais as contas, não queria mais a voz fria, não, não queria mais seus pareceres, suas conclusões, ela não queria mais, e foi então que ela se levantou, abriu a porta e disse: adeus. Como assim? Adeus, é isso, adeus. Tá me mandando embora? Estou lhe dizendo adeus. Assim, sem mais nem menos? Sem mais nem menos? Tem mais e tem menos, muito mais e muito menos, adeus. E quando ele saiu, ela respirou aliviada e descansou as mãos e pôde sair da estação e pendurar o chapéu, guardar as luvas, trocar a roupa, e saber que o vagão tinha partido, definitivamente tinha partido, e ele tinha ido junto com todas as suas certezas, as suas teorias, a sua falsa sabedoria, os seus problemas, as suas soluções. O trem partiu, e o fim do filme não era o fim da vida, pelo menos da vida dela, não era não. O trem partiu e ela estava ali, vivinha.

Bateu a porta e deitou no sofá. Ufa, suspirou. O homem tinha ido, tinha ido, naquele vagão, pra sempre. Foi a última vez, agora ela disse adeus, olhou o pé, viu os dedos, feios os dedos que um dia ela achara perfeitos. Agora ela disse adeus, adeus àquele homem, tão igual ao homem que ela tinha tanto amado, tão igual ao homem que ela tinha tanto odiado, ele era o mesmo, exatamente igual a quando morava naquela casa, freqüentava aquela sala, parecia até que ele ainda estava ali rindo do programa de televisão, como se o tempo não tivesse passado, como se ele não tivesse tido uma noite sequer sem dormir, e ele provavelmente não deve ter tido mesmo, uma dor de barriga, e ele provavelmente não deve ter tido mesmo, uma saudade, não deve ter tido, tudo estava exatamente igual, tudo que ele pensava, tudo que ele sentia, tudo que ele fazia, exatamente igual, adeus àquele homem que não era mais nada, era um homem, só um homem, um homem que não tinha sentido o que ela tinha sentido, um homem que não tinha passado por nada do que ela tinha passado, um homem que não tinha vivido o que ela tinha vivido, o amor, o desamor, tanto amor, tanto desamor, só um homem mais que comum podia passar por tudo aquilo de forma tão comum, ele, um homem comum, como um homem que ela acabasse de conhecer na esquina, um homem que não rasgou fotos nem bilhetes, um homem que não sentiu a dor da traição, um homem que nunca foi traído, um homem que não derramou uma lágrima, não sentiu um remorso, nunca pediu perdão, um homem mediano, um homem comum, um homem medíocre, como o homem parado no sinal, como o homem da fila do banco, como o motorista do carro de luxo ou o motorista do ônibus, tanto faz, um motorista qualquer, um homem desconhecido, um homem qualquer, que nunca passou uma noite sem dormir, diria ele contando vantagem, nunca precisou de um lexotan, nunca foi a uma sessão de terapia, nunca tomou um gole de whisky, um homem sem vícios, sem traumas, sem frustração, um homem qualquer, como um milico, um executivo, um homem de jaleco branco — um médico, um enfermeiro, ou um químico?, um homem qualquer, que veio e que foi, exatamente como veio, sem se deixar envolver por nada, nem pelo amor, um homem que não sabe de nada nem de ninguém, um homem que não sabe da vida — não, meu bem, você não sabe amar, não sabe o que é o amor.

É como se ainda houvesse o que lembrar, é como se ainda houvesse o que dizer, coisas a dizer, sempre coisas a dizer, coisas boas e coisas ruins, é como se ainda houvesse por que chorar, é como se ainda houvesse histórias a contar, é como se ainda houvesse dúvidas a tirar. E se eu não tivesse visto o beijo e se não tivesse lido o bilhete, e se, e se, estava tudo como sempre esteve? Quantos beijos não vi e quantos bilhetes não li, há sempre o que não saber, há sempre o que supor, há sempre o que imaginar. Memória, infinita memória, onde cabe tudo, tudo entra e volta e meia aparece, surge do nada, surge, nada vai embora, memória. Há sempre o que pensar. Há sempre como esticar uma história, como não acabá-la nunca, escreva nova palavra, provoque outra briga, faça as pazes, lembre-se, torture-se, desculpe, chore, mas se quiser, prossiga a história, parte um, parte dois, parte três, faça quantas partes quiser, só para não finalizar, só para não escrever o the end.

Mas é preciso escrever o the end, pôr o ponto final, o ponto, afinal.

O fim, só um fim pode ter essa história. O fim é um começo. O começo da minha história. Reconheço, reconheço que preciso ir atrás da minha história, já é hora de assumir o lugar principal da minha história, sou eu, sim, confesso, agora mais claramente, sou eu a coadjuvante dessa história que escolhi, por livre e espontânea vontade, escolhi ser a coadjuvante com medo de me revelar, mesmo que nas entrelinhas, meus fortes e fracos, revelar, eu, eu mesma, com todos os tils e todos os erres, sou eu que vinha falando em terceira pessoa, escondida na figura do narrador impessoal, aquele que não se coloca, aquele que não se assume, que só conta a história, a história dos outros. Pois agora assumo, assumo a primeira pessoa, assumo ser a protagonista da minha história, e por isso afasto de vez a terceira pessoa, em que me escondi quase todo o tempo, com medo de me revelar, de me expor, com medo da opinião alheia, que importância tem isso? Essa história é a minha, confesso, minha, narradora, lila sou eu, sou eu, que vivi tudo isso, sou eu, louca, lila, louca. E é isso que você sempre quis saber, não foi? Confessa, você ouviu essa história só pra saber, como os leitores de jornal que não lêem mais as palavras, querem ver só os desenhos, figuras, diagramas, onde foi que a bala perfurou, quantas balas, com que profundidade, você quis saber isso, quem era quem, como foi que, desde quando, não importa, eu também quis saber, e soube, e disse a você, mas talvez tenha dito com medo, disse pela metade, e por isso digo agora, agora que estou salva, agora que tirei a bala, várias balas, uma a uma, arranquei todas, do corpo e da alma, fui eu, sou eu. Agora, posso fazer minha história, porque essa já deu tudo o que tinha que dar, já me machucou e já me salvou, já deixou você com sentimento de culpa da traição que cometeu e com desejo de trair a traição que ainda não cometeu, definitivamente essa história já me basta, já dei todas as provas do que sou capaz, nunca mais serei a mesma, embora nem eu mesma saiba quanto dessa história é verdade e quanto é mentira, realidade ou ficção, pouco importa, vivi a história que contei, contei a história que vivi, e agora, com alma lavada, parto para outra história e deixo você respirar um pouco mais aliviado, porque posso dizer, estou salva, se é que se possa estar salva, das paixões, se é que se possa estar salva, das traições, se é que se possa estar salva, das histórias, de amor e de ódio. Salvar-se da vida, pra quê?

Eu vou até ele, ele me beija, passa a língua pelo meu rosto, sinto a língua dele. Ele me elogia, eu o elogio. A noite está fria, mas nós estamos quentes. Os personagens são outros; na verdade, a personagem principal é que mudou, mudei, sou outra. Dei a meu protagonista, ex-protagonista, o ouro, fiquei ardendo sozinha no inferno, agora, convoco novamente meu deus, para iluminar essa outra história, a história da qual eu sou a protagonista, a protagonista de uma nova história. Da minha história. A cama é gostosa, o corpo dele é bonito, combina com o meu. Pouco nos falamos, o encaixe é perfeito, é delicioso. Ele me ama como quem ama uma mulher pela primeira vez, ele me aproveita em todos os cantos, por todos os lados, ele me encanta. Eu o amo como quem ama um homem pela primeira vez, na verdade, eu estou virgem e ele percebe minha virgindade e sorri. Mal sabe ele a importância que tem, mas ele há de saber, há de ler. O amor; é possível amar e reamar. Um deus está em mim, um deus dentro de mim, ai, é bom; como é bom. Gozo.

Este livro foi composto na tipologia Century School book Bt, em corpo 11/17, e impresso em papel Pólen Bold 90g/m² no Sistema Cameron da Divisão Gráfica da Distribuidora Record.